冬之旅——世與我相違者之歌

冬之旅

世與我相違者之歌

陳永明

OXFORD
UNIVERSITY PRESS

牛津大學出版社隸屬牛津大學，以環球出版為志業，
弘揚大學卓於研究、博於學術、篤於教育的優良傳統
Oxford 為牛津大學出版社於英國及特定國家的註冊商標

牛津大學出版社（中國）有限公司出版
香港九龍灣宏遠街 1 號一號九龍 39 樓

第一版 2023

ISBN: 978-988-8836-96-3

1 3 5 7 9 10 8 6 4 2

目錄

Franz Schubert（法蘭茲 · 舒伯特）

Wilhelm Müller（威廉 · 慕勒）

Winterreise
冬之旅

Wilhelm Müller
威廉・慕勒

1 Gute Nacht

Fremd bin ich eingezogen,
Fremd zieh' ich wieder aus.
Der Mai war mir gewogen,
Mit manchem Blumenstrauss.
Das Mädchen sprach von Liebe,
Die Mutter gar von Eh' –
Nun ist die Welt so trübe,
Der Weg gehüllt in Schnee.

Ich kann zu meiner Reisen
Nicht wahlen mit der Zeit,
Muss selbst den Weg mir weisen
In dieser Dunkelheit.
Es zieht ein Mondenschatten
Als mein Gefährte mit,
Und auf den weissen Matten
Such' ich des Wildes Tritt.

Was soll ich länger weilen,
Dass man mich trieb' hinaus?
Lass irre Hunde heulen
Vor ihres Herren Haus.
Die Liebe liebt das Wandern –
Gott hat sie so gemacht –
Von Einem zu dem Andern –
Fein Liebchen, gute Nacht!

Will dich im Traum nicht stören,
Wär' Schad' um deine Ruh';
Sollst meinen Tritt nicht hören –
Sacht, sacht die Türe zu!
Schreib' im Vorübergehen
An's Tor dir Gute Nacht,
Damit du mögest sehen,
An dich hab' ich gedacht.

晚安

陌生地我到來，
陌生地我離開。
來時明媚五月，
好花璀燦斑斕多彩。
少女説愛談情，
母親擬婚論嫁。
轉瞬世界變得冰涼，
漫天風雪交加。

甚麼時候走，
不由得我選擇。
黑夜深沉，
月色蒼白，
與我為伴的，
只有月下孤影，
偶然雪泥鴻爪，
一行獸迹。

難道我還要徘徊依戀，
被人攆走才悲愴上路？
像頭喪家之犬，
在舊主門前流連哀號？
愛情喜歡來來往往
飄忽人間，穿梭遊蕩，
上蒼安排，天意難改。
……晚安吧，至愛。

我悄悄地離去，
靜靜地把門輕掩，
不讓我的腳步聲
驚擾你睡夢的香甜。
臨別前在大門上
為你寫下：晚安。
讓你知道我對你
永遠無盡的思念。

賞析見第44頁

2 Die Wetterfahne

Der Wind spielt mit der Wetterfahne
Auf meines schönen Liebchens Haus:
Da dacht' ich schon in meinem Wahne,
Sie pfiff' den armen Flüchtling aus.

Er hätt' es eher bemerken sollen,
Des Hauses aufgestecktes Schild,
So hätt' er nimmer suchen wollen
Im Haus' ein treues Frauenbild.

Der Wind spielt drinnen mit den Herzen,
Wie auf dem Dach, nur nicht so laut.
Was fragen sie nach meinen Schmerzen? –
Ihr Kind ist eine reiche Braut.

風向標

我舊愛房頂的風向標，
被風刮得團團轉，呼呼響。
恍惚在揶揄嘲笑
這個可憐流浪者的癡情妄想。

如果早留意到這個表象，
他便不會希冀，期望
在這所房子裏面
找到甚麼海枯石爛，地久天長。

房子裏面也有風攪得人心亂轉，
只不過沒有外邊的明顯，嘹亮。
我的悲哀傷痛有誰會管？
他們的女兒已經是個富有的新娘。

賞析見第49頁

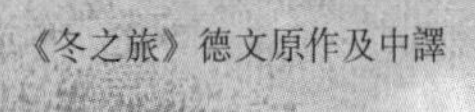

3 Gefrorne Tränen

Gefrorne Tropfen fallen
Von meinen Wangen ab:
Ob es mir denn entgangen,
Dass ich geweinet hab?

Ei Tränen, meine Tränen,
Und seid ihr gar so lau,
Dass ihr erstarrt zu Eise,
Wie kühler Morgentau?

Und dringt doch aus der Quelle
Der Brust so glühend heiss,
Als wolltet ihr zerschmelzen
Des ganzen Winters Eis.

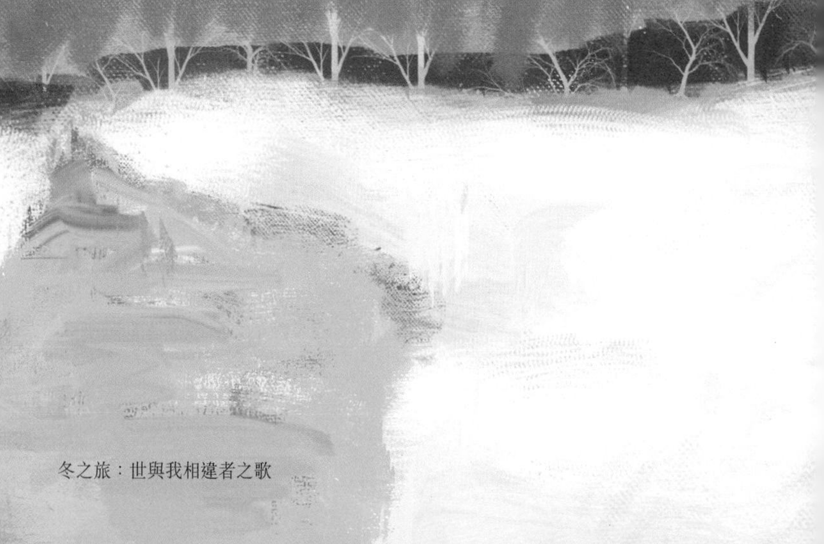

凝結的淚

凝結的淚珠
滾下面頰，
我才曉得
自己在哭泣。

眼淚啊，我的眼淚！
你何竟這樣溫和，
恍如晨間朝露，
瞬間便結成冰顆？

可知道，我的心——
你的源頭是何等洶湧熾熱，
就像能夠化掉
冬季的八方冰雪。

賞析見第52頁

4 Erstarrung

Ich such' im Schnee vergebens
Nach ihrer Tritte Spur,
Wo sie an meinem Arme
Durchstrich die grüne Flur.

Ich will den Boden küssen,
Durchdringen Eis und Schnee
Mit meinen heissen Tränen,
Bis ich die Erde seh'.

Wo find' ich eine Blüte?
Wo find' ich grünes Gras?
Die Blumen sind erstorben,
Der Rasen sieht so blass.

Soll denn kein Angedenken
Ich nehmen mit von hier?
Wenn meine Schmerzen schweigen,
Wer sagt mir dann von ihr?

Mein Herz ist wie erstorben,
Kalt starrt ihr Bild darin:
Schmilzt je das Herz mir wieder,
Fliesst auch ihr Bild dahin.

僵固

雪地上徒然搜索
和她，手攜手，當年
走過的每一角落
留下的雙雙足印。

凍結的大地，我俯身親吻，
希望灑下熾熱的
眼淚化掉冰幕
找到往昔留痕。

哪裏可以尋見半朵鑾花，
何處能夠覓得一根綠草？
花都凋殘衰謝，
草皆蒼黃枯槁。

難道在這個世界，
沒有遺下半爪一鱗
幫助我憂傷過後，
永不忘記伊人？

我的心冷木如灰，
凝固其中她的音容
恐怕一朝解凍，
便將流逝不回。 賞析見第55頁

5 Der Lindenbaum

Am Brunnen vor dem Tore
Da steht ein Lindenbaum:
Ich träumt' in seinem Schatten
So manchen süssen Traum

Ich schnitt in seine Rinde
So manches liebe Wort;
Es zog in Freud' und Leide
Zu ihm mich immer fort.

Ich musst' auch heute wandern
Vorbei in tiefer Nacht,
Da hab' ich noch im Dunkel
Die Augen zugemacht.

Und seine Zweige rauschten,
Als riefen sie mir zu:
Komm her zu mir, Geselle,
Hier findst du deine Ruh'!

Die kalten Winde bliesen
Mir grad' in's Angesicht;
Der Hut flog mir vom Kopfe,
Ich wendete mich nicht.

Nun bin ich manche Stunde
Entfernt von jenem Ort,
Und immer hör' ich's rauschen:
Du fändest Ruhe dort!

連頓樹

門前一棵連頓樹，
長在古井旁邊。
躺在它綠蔭之下，
我有過美夢萬千。

我在樹身的周圍，
刻下不少愛的詩篇。
無論哀愁快樂，
我都會來到樹下留連。

今夜風高月黑，
又再走過它的身旁。
漆黑中我仍緊閉雙目，
不堪向它臨別一望。

禿枝在寒風中抖動發聲，
似在向我呼喚招手。
「回來吧，朋友！
在這裏你可以放下一切煩憂。」

颯颯刮面寒風，
把我的帽子吹走。
我仍大步向前，
未敢轉身回頭。

如今漸行漸遠，
已是幾個時辰過後。
依然聽到它微聲呼喚：
「回到這裏來，放下你的煩憂。」

賞析見第58頁

6 Wasserflut

Manche Trän' aus meinen Augen
Ist gefallen in den Schnee:
Seine kalten Flocken saugen
Durstig ein das heisse Weh.

Wenn die Gräser sprossen wollen,
Weht daher ein lauer Wind,
Und das Eis zerspringt in Schollen,
Und der weiche Schnee zerrinnt.

Schnee, du weisst von meinem Sehnen:
Sag', wohin doch geht dein Lauf?
Folge nach nur meinen Tränen,
Nimmt dich bald das Bächlein auf.

Wirst mit ihm die Stadt durchziehen,
Muntre Strassen ein und aus –
Fühlst du meine Tränen glühen,
Da ist meiner Liebsten Haus!

水流

在白茫茫大地上，
我灑下無數眼淚。
淚中千萬激情愁緒，
冷酷的冰雪盡情吸取。

當綠草嫩芽再發，
和風輕拂，大地回暖，
層冰積雪融解迸裂，
化成涓涓流泉。

雪泉啊，你知道我心所求。
告訴我你要走的路，
讓我的淚水作前導，
轉瞬與眾水匯集成流。

雪泉匯成的溪澗。穿林越野，
走遍大城小鎮，經過街巷萬千。
當我的眼淚在裏面沸騰熾熱，
便知道已經流抵我舊愛的門前。

賞析見第66頁

7 Auf dem Flusse

Der du so lustig rauschtest,
Du heller, wilder Fluss,
Wie still bist du geworden,
Gibst keinen Scheidegruss!

Mit harter, starrer Rinde
Hast du dich überdeckt,
Liegst kalt und unbeweglich
Im Sande ausgestreckt.

In deine Decke grab' ich
Mit einem spitzen Stein
Den Namen meiner Liebsten
Und Stund' und Tag hinein:

Den Tag des ersten Grusses,
Den Tag an dem ich ging,
Um Nam' und Zahlen windet
Sich ein zerbrochner Ring.

Mein Herz, in diesem Bache
Erkennst du nun dein Bild? –
Ob's unter seiner Rinde
Wohl auch so reissend schwillt?

河上

你向來清澈活潑，騰躍不羈
終日水鳴濺濺，滾滾向前。
未有半句道別告辭，
忽然盡失滔滔，靜默無言。

你那凝固不動的身軀
僵卧橫跨兩岸的沙土，
罩上那厚凍無情的面具，
望上去只感到無垠冷酷。

在你僵固的面具上，
我以尖利的石塊，
刻下我愛人的名字
並兩個時辰，日子：

第一次的海誓山盟，
最後的移情我棄，
再以破缺的圓周
把名字，日子圈在一起。

我的心哪，在這河冰之上，
有沒有看到你自己的真象？
外面冷寞無情，寡言寂靜，
裏面洶湧澎湃，起伏難平？

賞析見第70頁

8 Rückblick

Es brennt mir unter beiden Sohlen,
Tret' ich auch schon auf Eis und Schnee;
Ich möcht' nicht wieder Atem holen,
Bis ich nicht mehr die Türme seh'.

Hab' mich an jeden Stein gestossen,
So eilt' ich zu der Stadt hinaus;
Die Krähen warfen Bäll' und Schlossen
Auf meinen Hut von jedem Haus.

Wie anders hast du mich empfangen,
Du Stadt der Unbeständigkeit!
An deinen blanken Fenstern sangen
Die Lerch' und Nachtigall im Streit.

Die runden Lindenbäume blühten,
Die klaren Rinnen rauschten hell,
Und ach, zwei Mädchenaugen glühten!—
Da war's geschehn um dich, Gesell!

Kommt mir der Tag in die Gedanken,
Möcht' ich noch einmal rückwärts sehn,
Möcht' ich zurücke wieder wanken,
Vor ihrem Hause stille stehn.

回顧

冰雪上跑，腳掌灼痛難抵，
仍未敢放緩腳步。
直待舊鎮景物消逝，
方才安心走我的路。

走得匆匆忙忙，
路上跌跌撞撞。
烏鴉也向我的帽子投擲冰塊。
離開時我就是這樣倉倉皇皇。

你這個容易變心的城市，
我還記得來時你的模樣，
户户窗前好花滿枝，
雲雀夜鶯歌聲蕩漾。

流泉水清澈晶瑩，
連頓樹綠葉婆娑，
少女一雙含情脈脈的眼睛——
啊！朋友，你便深墜網羅。

每逢想到那天初見，
總渴望有朝到此重遊，
站在那雙迷人眼睛的門前，
靜念那永不再回來的依舊。

賞析見第73頁

9 Irrlicht

In die tiefsten Felsengründe
Lockte mich ein Irrlicht hin:
Wie ich einen Ausgang finde,
Liegt nicht schwer mir in dem Sinn.

Bin gewohnt das Irregehen,
's führt ja jeder weg zum Ziel:
Unsre Freuden, unsre Leiden,
Alles eines Irrlichts Spiel!

Durch des Bergstroms trockne Rinnen
Wind' ich ruhig mich hinab—
Jeder Strom wird's Meer gewinnen,
Jedes Leiden auch sein Grab.

鬼火

點點燐燐鬼火
把我誘入懸崖深谷，
我並不關心究竟此去
是否一去不復。

我已經習慣生活浪蕩，
東西南北到處闖。
不同方向，不同結果，
哀愁喜樂開始就只是一點鬼火。

隨着山溪乾涸的河牀走，
海洋是所有流水的盡頭。
人生種種哀愁悲苦，
最終都埋葬黃土一丘。

賞析見第77頁

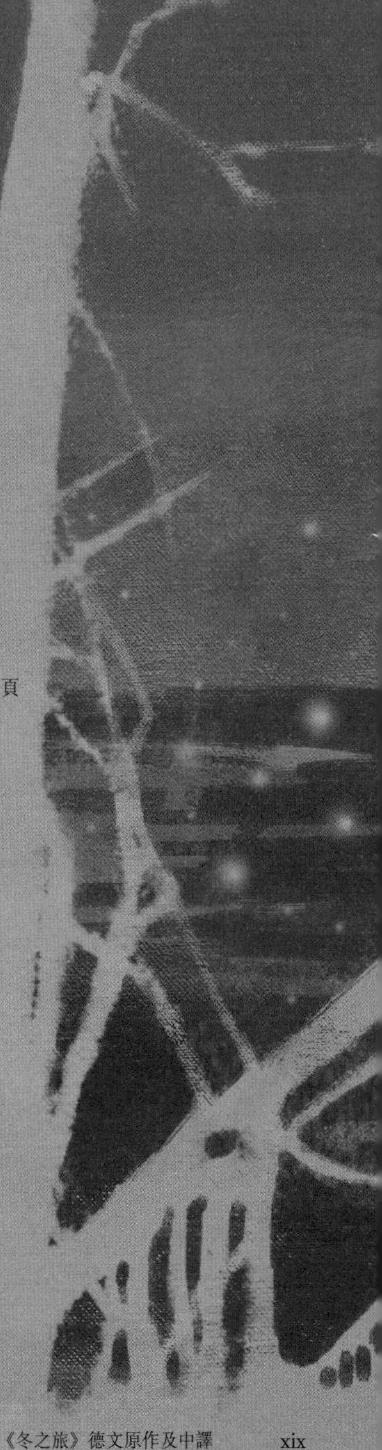

10 Rast

Nun merk' ich erst, wie müd' ich bin,
Da ich zur Ruh' mich lege;
Das Wandern hielt mich munter hin
Auf unwirtbarem Wege.

Die Füsse frugen nicht nach Rast,
Es war zu kalt zum Stehen,
Der Rücken fühlte keine Last,
Der Sturm half fort mich wehen.

In eines Köhlers engem Haus
Hab' Obdach ich gefunden;
Doch meine Glieder ruhn nicht aus:
So brennen ihre Wunden.

Auch du, mein Herz, in Kampf und Sturm
So wild und so verwegen,
Fühlst in der Still' erst deinen Wurm
Mit heissem Stich sich regen!

休息

當我躺下休息
才知道自己何等困倦。
在這坎坷的路上亂闖亂轉
倒反覺得精神奕奕。

我雙腳並沒有叫停，
站着不動，更難敵寒氣侵逼。
也不感到狂風凜冽無情，
吹在背上反助我腰板挺直。

一所破屋，一爐炭火，
成了臨時休憩之所。
四肢雖然傷痛煎熬，
寧願趕緊再奔前路。

心哪！你不也是和他們一樣，
希望重回與風雪搏鬪的戰場？
這難得的片刻安謐平和
心中卻感到像毒蛇噬咬的痛楚。

賞析見第81頁

11 Frühlingstraum

Ich träumte von bunten Blumen,
So wie sie wohl blühen im Mai,
Ich träumte von grünen Wiesen,
Von lustigem Vogelgeschrei.

Und als die Hähne krähten,
Da ward mein Auge wach;
Da war es kalt und finster,
Es schrieen die Raben vom Dach.

Doch an den Fensterscheiben
Wer malte die Blätter da?
Ihr lacht wohl über den Träumer,
Der Blumen im Winter sah?

Ich träumte von Lieb' um Liebe,
Von einer schönen Maid
Von Herzen und von Küssen,
Von Wonne und Seligkeit.

Und als die Hähne krähten,
Da ward mein Herze wach;
Nun sitz' ich hier alleine
Und denke dem Traume nach.

Die Augen schliess' ich wieder,
Noch schlägt das Herz so warm.
Wann grünt ihr Blätter am Fenster?
Wann halt' ich mein Liebchen im Arm?

春夢

我夢見好花遍野，
春風五月好光景。
我夢到綠草如茵，
處處鳥唱蟲鳴。

忽傳雞聲陣陣，
把我夢中喚醒。
周圍黝黑寒冷，
只聞嘔啞鴉聲。

是誰在寒窗之上
畫上這許多花姿葉影。
嚴冬裏看到春花，
是否應笑我這夢者多情？

我夢到愛和被愛，
熱情的擁抱，甜蜜的吻。
美麗溫柔的姑娘，
幸福與歡欣。

但聞陣陣雞聲，
把我好夢驚醒。
夢境不過幻像，
我依然孤苦伶伶。

心還在熱情地跳動，
我重新把眼睛閉緊。
窗上的葉何時再綠？
甚麼時候她再依偎我身？

賞析見第85頁

12 Einsamkeit

Wie eine trübe Wolke
Durch heitre Lüfte geht,
Wenn in der Tanne Wipfel
Ein mattes Lüftchen weht:

So zieh' ich meine Strasse
Dahin mit trägem Fuss,
Durch helles, frohes Leben,
Einsam und ohne Gruss.

Ach, dass die Luft so ruhig!
Ach, dass die Welt so licht!
Als noch die Stürme tobten,
War ich so elend nicht.

孤獨

松頂掠過微風，
我孤單的旅程，
像烏雲一朵
飄越萬里晴空。

拖着疲乏的腳步，
蹣跚地走那漫長的路。
穿過多少快樂光明的生活，
從沒有人和我招呼，向我問好。

啊！大地這樣恬靜光明，
啊！四周這樣安詳皎潔。
但願烏雲滿天，風雪暴烈，
這才會消滅我的憤慨不平。

賞析見第89頁

13 Die Post

Von der Strasse her ein Posthorn klingt.
Was hat es, dass es so hoch aufspringt,
Mein Herz?

Die Post bringt keinen Brief für dich.
Was drängst du denn so wunderlich,
Mein Herz?

Nun ja, die Post kommt aus der Stadt,
Wo ich ein liebes Liebchen hatt',
Mein Herz!

Willst wohl einmal hinübersehn,
Und fragen, wie es dort mag gehn,
Mein Herz?

郵車

郵車角聲響徹，
你何以狂跳不歇？
我的心哪！

郵車未帶來任何消息，
你何必這樣焦慮忐忑？
我的心哪。

然而郵車來的鄉城
正是我舊愛所在。
我的心哪。

那你可要躍出身外，
詳細探問究竟？
我的心哪！

賞析見第92頁

14 Der greise Kopf

Der Reif hat einen weissen Schein
Mir über's Haar gestreuet.
Da glaubt' ich schon ein Greis zu sein,
Und hab' mich sehr gefreuet.

Doch bald ist er hinweggetaut,
Hab' wieder schwarze Haare,
Dass mir's vor meiner Jugend graut—
Wie weit noch bis zur Bahre!

Vom Abendrot zum Morgenlicht
Ward mancher Kopf zum Greise.
Wer glaubt's? Und meiner ward es nicht
Auf dieser ganzen Reise!

白頭

霜雪落在頭上，
恍惚白髮蒼蒼。
以為息勞之日已近，
不禁欣喜若狂。

轉瞬霜雪消融，
黑髮依然一樣。
我仍舊年青力壯，
茫茫來日方長。

芸芸眾生，不少一夜白首。
為何就只我一人，
似海哀愁，漫漫長路，
等着去嘗，等着去走。

賞析見第 97 頁

15 Die Krähe

Eine Krähe war mit mir
Aus der Stadt gezogen,
Ist bis heute für und für
Um mein Haupt geflogen.

Krähe, wunderliches Tier,
Willst mich nicht verlassen?
Meinst wohl bald als Beute hier
Meinen Leib zu fassen?

Nun, es wird nicht weit mehr gehn
An dem Wanderstabe.
Krähe, lass mich endlich sehn
Treue bis zum Grabe!

烏鴉

自從旅程開始，
烏鴉便在我上頭盤旋。
我行牠行，我止牠止。
好像對我特別愛眷。

烏鴉，好傢伙！
是否估計我時日無多，
打主意有朝一日，
把我當作你的食物？

我疲憊不興，再難上路，
離世之日不會太久。
烏鴉，作個忠實良友
伴我直走進墳墓。 賞析見第100頁

16 Letzte Hoffnung

Hie und da ist an den Bäumen
Manches bunte Blatt zu sehn,
Und ich bleibe vor den Bäumen
Oftmals in Gedanken stehn.

Schaue nach dem einen Blatte,
Hänge meine Hoffnung dran;
Spielt der Wind mit meinem Blatte,
Zittr' ich, was ich zittern kann.

Ach, und fällt das Blatt zu Boden,
Fällt mit ihm die Hoffnung ab,
Fall' ich selber mit zu Boden,
Wein' auf meiner Hoffnung Grab.

最後的希望

這裏，那裏，幾許殘葉
零零星星掛在樹的高枝。
我站在它們的下面，
冥想，沉思。

我把希望寄放其中殘葉一片，
看到它在冷風中搖曳拼鬬，
我的心隨着它的掙扎，
戰慄，顫抖。

面對急勁寒風，
殘葉又怎能持久，
看着希望隨着葉子盤旋下墜，
禁不住在它的墓旁涕淚長流。

賞析見第105頁

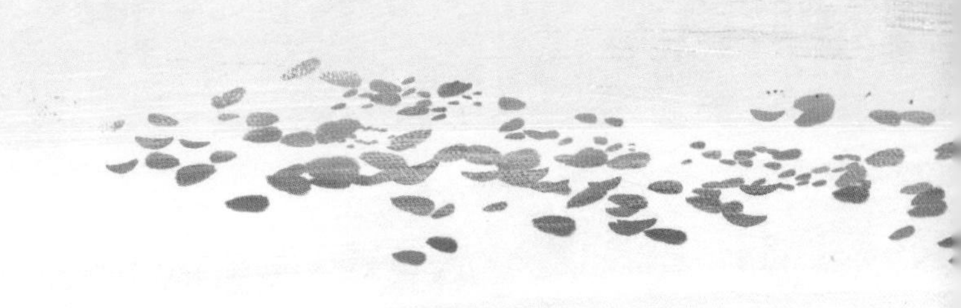

17 Im Dorfe

Es bellen die Hunde, es rasseln die Ketten.
Es schlafen die Menschen in ihren Betten,
Träumen sich manches, was sie nicht haben,
Tun sich im Guten und Argen erlaben;
Und morgen früh ist Alles zerflossen, —
Je nun, sie haben ihr Teil genossen,
Und hoffen, was sie noch übrig liessen,
Doch wieder zu finden auf ihren Kissen.

Bellt mich nur fort, ihr wachen Hunde,
Lasst mich nicht ruhn in der Schlummerstunde!
Ich bin zu Ende mit allen Träumen—
Was will ich unter den Schläfern säumen?

過某村

村裏的狗，在四周圍
搖着鎖鏈，狺狺而吠。
村裏的人，勞碌已過，
躲進被窩，呼呼鼾卧，
尋找生活上未圓的美夢。
雖然睜眼便都破滅成空。
然而虛暫的枕中安慰
對他們卻是深情所繫。

催促我離開的守望犬，
狺狺吠聲是及時規勸：
幻夢如水月鏡花，眩惑迷人，
既已覺醒又何必回頭依依眷戀。

賞析見第108頁

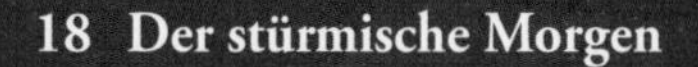

18 Der stürmische Morgen

Wie hat der Sturm zerissen
Des Himmels graues Kleid!
Die Wolkenfetzen flattern
Umher in mattem Streit.

Und rote Feuerflammen
Ziehn zwischen ihnen hin.
Das nenn' ich einen Morgen
So recht nach meinem Sinn!

Mein Herz sieht an dem Himmel
Gemalt sein eignes Bild—
Es ist nichts als der Winter,
Der Winter kalt und wild!

風暴的早晨

凶猛的狂飈
撕破鉛色天幕。
黑雲碎片，四方竄闖，
撞擊，拼搏。

電閃如火舌
雲間騰舞，飛躍。
好嚇人的風暴，
好愜意的晨早！

我內心就像這片天空，
處處都是嚴冬：
嚴冬的野獷，
嚴冬的冰凍。

賞析見第112頁

19 Täuschung

Ein Licht tanzt freundlich vor mir her;
Ich folg' ihm nach die Kreuz und Quer;
Ich folg' ihm gern und seh's ihm an,
Dass es verlockt den Wandersmann.
Ach, wer wie ich so elend ist,
Gibt gern sich hin der bunten List,
Die hinter Eis und Nacht und Graus
Ihm weist ein helles, warmes Haus,
Und eine liebe Seele drin—
Nur Täuschung ist für mich Gewinn!

幻像

一點燐火面前蹁躚起舞，
我欣然讓它作我的前導。
它所有的應許我全盤接受，
雖然明知不過是海市蜃樓。
哦！對一個無家可歸，
四處流浪的人，
在黝黑苦寒的夜裏，
那還計較甚麼是假是真。
提到一個可愛的人，一個溫暖的家，
便帶來無限慰藉，哪管這是否最大的謊話！ 賞析見第115頁

20 Der Wegweiser

Was vermeid' ich denn die Wege,
Wo die andern Wandrer gehn,
Suche mir versteckte Stege
Durch verschneite Felsenhöhn?

Habe ja doch nichts begangen,
Dass ich Menschen sollte scheun—
Welch ein törichtes Verlangen
Treibt mich in die Wüstenein?

Weiser stehen auf den Wegen,
Weisen auf die Städte zu,
Und ich wandre sonder Massen,
Ohne Ruh', und suche Ruh'.

Einen Weiser seh' ich stehen
Unverrückt vor meinem Blick;
Eine Strasse muss ich gehen,
Die noch Keiner ging zurück.

路標

為甚麼要避開通衢大道，
多人走的路偏不跟循。
專門選擇幽僻小徑，
自尋怪石嶙峋？

沒有犯過彌天大罪，
被世人咒罵唾棄。
為甚麼要索居野處，
和整個世界疏離？

路旁竪着不少路標，
為不同旅客，指示不同目的。
我卻終日棲棲皇皇，
沒有休息地尋找休息。

終於看到一個路牌，
滿足了心底的要求，
它指向一條道路，
未曾有人從那裏返過回頭。

賞析見第118頁

21 Das Wirtshaus

Auf einen Totenacker
Hat mich mein Weg gebracht.
Allhier will ich einkehren:
Hab' ich bei mir gedacht.

Ihr grünen Totenkränze
Könnt wohl die Zeichen sein,
Die müde Wandrer laden
In's kühle Wirtshaus ein.

Sind denn in diesem Hause
Die Kammern all' besetzt?
Bin matt zum Niedersinken
Bin tödlich schwer verletzt.

O unbarmherz'ge Schenke,
Doch weisest du mich ab?
Nun weiter denn, nur weiter,
Mein treuer Wanderstab!

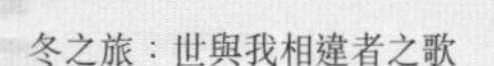

客舍

漫長旅程領我來到
一個墓園的前面。
在這裏，我以為終於
找到地方枕首安眠。

這個陰涼的客棧，
放置許多翠綠花環，
好像歡迎疲乏的遠客
把它作為永久住宅。

你可還有空處，
容我在這裏入住？
我身心都受了重創，
無法再勉強流浪。

完全客滿？！無情的店家
連你也把我拒絕，那我還能怎樣？
上路吧，繼續上路吧！
親愛的，忠心伴我同行的枴杖！

賞析見第122頁

22 Mut!

Fliegt der Schnee mir in's Gesicht,
Schüttl' ich ihn herunter.
Wenn mein Herz im Busen spricht,
Sing' ich hell und munter.

Höre nicht, was es mir sagt,
Habe keine Ohren,
Fühle nicht, was es mir klagt,
Klagen ist für Toren.

Lustig in die Welt hinein
Gegen Wind und Wetter!
Will kein Gott auf Erden sein,
Sind wir selber Götter.

勇氣

冰雪撲面，
隨手把它撥開。
心有話要說，
高歌把它遮蓋。

心要說的話，
掩耳不予理睬。
像它這樣悲鳴哀歎，
不是懦弱便是癡呆。

快樂面對世界，
風暴焉能傷害。
宇宙沒有上帝，
我就是生命主宰！

賞析見第125頁

23 Die Nebensonnen

Drei Sonnen sah ich am Himmel stehn,
Hab' lang' und fest sie angesehn;
Und sie auch standen da so stier,
Als wollten sie nicht weg von mir.
Ach, meine Sonnen seid ihr nicht!
Schaut Andern doch in's Angesicht!
Ach, neulich hatt' ich auch wohl drei:
Nun sind hinab die besten zwei.
Ging' nur die dritt' erst hinterdrein!
Im Dunkeln wird mir wohler sein.

虛謊的太陽

我佇立定睛凝睇，
三個日光，高高懸掛天上。
我們之間好像有個默契，
心比金石，恩愛恆常。
唉！虛謊的太陽，
不旋踵便移情別向。
其中兩個我所至愛
西邊沉落，重逢不再。
倘使第三個也隨同消逝
完全黝黑活得更自由自在。

賞析見第129頁

24 Der Leiermann

Drüben hinter'm Dorfe
Steht ein Leiermann,
Und mit starren Fingern
Dreht er was er kann.

Barfuss auf dem Eise
Wankt er hin und her;
Und sein kleiner Teller
Bleibt ihm immer leer.

Keiner mag ihn hören,
Keiner sieht ihn an;
Und die Hunde knurren
Um den alten Mann.

Und er lässt es gehen
Alles, wie es will,
Dreht, und seine Leier
Steht ihm nimmer still.

Wunderlicher Alter,
Soll ich mit dir gehn?
Willst zu meinen Liedern
Deine Leier drehn?

搖琴的老人

村子外面的一角，
一個搖琴的老人。
用他冷僵了的指頭，
傾情奏出美麗的音樂。

他赤足在雪地上
來來回回，搖搖晃晃。
身邊討錢的盤子，
整天都空空蕩蕩。

他的搖琴既沒有人要聽，
他的身世也沒有人想問。
只有寥寥幾只野狗，
在他周圍低嗥狺狺。

老人對此漠不關心，
並未感到半點難堪，
還是一貫地怡然自得，
繼續彈奏他的搖琴。

哦，遺世獨異的老人，
可肯與我結成知己？
用你的琴音伴我的詠歎
一同越過這冰天雪地？

賞析見第134頁

引言

法蘭茲·舒伯特（Franz Schubert, 1797–1828）的摯友，約瑟·司保恩（Joseph von Spaun, 1788–1865）在1858年寫的紀念舒伯特的一篇文章裏面記述：

舒伯特已經有一段日子顯得情緒低落，鬱鬱寡歡。我問他到底發生了甚麼事，他只是說：「不久你便會聽到，明白的了。」一天，他對我說：「今天，請到蘇伯爾[1]那裏，我要為你們唱一組叫你們聽來悚然的（schauelicher）歌曲。我很想知道你們對它的反應。我花在這套歌上面的工夫比其他的都要多哩。」當日，他用充滿感情的聲音為我們唱了整套的《冬之旅》。聽完這些憂傷鬱結的歌曲，我們都瞠目結舌，不知說甚麼才好。蘇伯爾說整組歌曲裏面，他只喜歡〈連頓樹〉一首。對此，舒伯特回答說：「我歡喜這套歌曲比其他的歌曲都要多，你們慢慢都會喜歡它的。」

這大概是《冬之旅》全套廿四首第一次的演唱，司保恩並沒有記下日期，應該是在1827年最後的幾個月。雖然當時在場聽的朋友反應並不怎樣熱烈，舒伯特滿有自信的預測：「你們慢慢都會喜歡它的」卻真的應驗了。《冬之旅》今日已經廣受一般樂迷歡迎，從它錄音的數目，超過四百種，便可以見到。就一套只是由鋼琴伴人聲獨唱，長達一小時以上的古典西洋音

1 蘇伯爾（Franz von Schober, 1796–1882），詩人，劇作家，演員。是舒伯特的好朋友。舒伯特的歌劇《亞方蘇和愛斯德莉拉》（*Alfonso und Estrella*）就是他寫的劇本。舒伯特還為不少他的其他作品譜上音樂。

樂作品而言，這實在是非常難能可貴的。《冬之旅》不只受大眾樂迷歡迎，音樂界的行內人也許為藝術歌曲（Lied）的瑰寶，是該樂類的珠穆朗瑪峰，上上的極品佳作。它在西方古典音樂界的崇高地位已經確立，難以動搖。

我第一次聽到《冬之旅》是中學最後的一年在朋友家聽到的。當時我剛對西方古典音樂有興趣，認識很淺，按常理對《冬之旅》不會有很大的興趣，然而，我卻深深被它吸引，也就開始了我和它六十多年的不解緣了。開始，是被它的音樂吸引：〈連頓樹〉、〈客舍〉琅琅上口優美的旋律，〈郵車〉的號角和蹄聲、〈最後的希望〉的落葉、〈過某村〉的犬吠……內容方面，就知道它是一套失戀者之歌，雖然有時微嫌過分傷感，但主角在〈晚安〉對所愛的深情，在〈河上〉埋葬戀情的哀怨，〈春夢〉夢醒時的悽愴，都攬人懷抱。然而，半世紀的交往，數百遍的聆聽，長時間的咀嚼、默思，漸逐發現《冬之旅》並不是這樣簡單，這些失戀詩的後面，有它一套深邃的人生哲學，舒伯特美麗動人的音樂是它適切的詮釋、注解。

過去百多二百年，《冬之旅》一直都受樂界中人及大眾樂迷推許、歡迎，然而對它有兩個流行的看法，卻是頗堪商榷的。其一，不少論者認為《冬之旅》是舒伯特把威廉・慕勒（Wilhelm Müller, 1794–1827）的二流詩作，以音樂提升到另一境界，成為西方文化殿堂級的作品。《冬之旅》得有今日的地位，威廉・慕勒不只沒有功勞，甚至是一種阻力。如果他的詩寫得好一點，為舒伯特提供更好的歌詞，《冬之旅》的成就便更不止於此。

藝術歌曲（Lied）跟只寫給樂器的音樂作品不同，它不是一個，而是兩個人的創作：寫詞的，和作曲的，而且絕大多數是先有詞，後來作曲家再為它配上音樂。歌詞、音樂同出一人之手的藝術歌曲，不是沒有，但卻是比較少見。寫詞的和作曲的往往生不同時，居不同地，相互並不認識，彼此從未謀面。這種二人創作，既是寫詞的在先，是詞觸動了作曲家的魂魄，引起了他的靈感，成功的藝術歌曲，寫詞的功勞要不是比作曲的大，按理也應該起碼各佔一半功勞，分享同樣的榮譽。可是，事實上，藝術歌曲的作曲者往往比寫詞的更多人認識，也更受人讚賞。這並不難理解，因為歌詞是文字，不懂該種文字的人便難以欣賞，而藝術歌曲是「歌」曲，是音樂。音樂是超國界的語言，就是不懂歌詞的文字，對內容大意只是略知梗概，仍然可以被它的音樂吸引，愛上一首藝術歌曲的。先被歌詞吸引，然後愛上歌曲的，可以說絕無僅有，萬中無一，誰是歌詞的作者，對大部分聽眾而言往往是無關痛癢的。就如在舒伯特的六百多首歌曲裏面，膾炙人口、大受歡迎的 *Ava Maria*，樂迷除了知道它是《聖母頌》，和聖母馬利亞有關以外，有幾個樂迷熟悉歌詞的內容？知道歌詞的作者？有幾個關心想知道答案？再者，藝術歌曲對受眾的感染力，作曲者的影響又的確往往較作詞的為大。一句寫在紙上的話，只是唸出來，因為有了聲音，便已經可以有很多不同的意義。譬如簡單一句：「祝闔府出入平安」，唸出來的時候，不同語調，不同輕重，可以是祝福，可以是警告，可以是恐嚇，可以是嘲諷……。藝術歌曲的歌詞，被作曲家配上了音樂，那比單是唸出來，便更是變化萬千了。作曲者透過所作的音樂：樂音的長短、音量的大小、樂句的速度和節奏、音調的上揚下降、重複歌詞某些的字詞和語句、調動原來文句的次序，都可以加強聽眾對某句某字的注意，突出原作某一方面的意思、感情，誘發聽眾喜怒哀樂種種不同的反應，呈示詩作從文字上難以一時體悟的深層意義和境界。就引導聽者對歌曲的了解、感受而言，作曲的較諸作詞的可以說是佔盡優勢。藝術歌曲雖然是兩個人的創作，但作曲者對聽眾的影響，在他們心中所佔的位置，寫詞的是很難和他相比的，樂迷的注意力集中在作曲家身上是自然不過的事。

然而，過去，特別是二次世界大戰前後的二三十年，《冬之旅》的論者偏重作曲家的傾斜度卻是較諸其他同類作品大得多，可以說是到了一個不合理的程度，對詩人威廉・慕勒十分不公允。其實，就是廿世紀初葉，已經有人不接受這種偏激的看法，開始為威廉・慕勒翻案、呼冤，經過大半世紀的努力，最近這三四十年，繼續低貶慕勒的樂評人，已經沒有從前的多了。[2] 藝術歌曲作曲者的音樂只是他對歌詞的體悟和闡釋，是作曲者對歌詞的音樂注解。精彩的注釋只是發掘原來文本已有，但一般人因為粗心忽略，或慧根

2 卡佩爾（Richard Capell）在他1928年出版的《舒伯特的歌曲》（*Schubert's Songs*）裏面說：「不同情的人認為慕勒（所寫）的場境和感情都是像石印畫一樣的廉賤，那並不公允。」（Richard Capell, *Schubert's Songs*. London: Ernest Benn Limited, 1928, p. 12.）阮茵詩（Susan Youens）說：「可是大部分廿世紀的樂評人都蔑視慕勒的詩作……。那些把慕勒詩作視為二流，……我認為是忽略了慕勒怎樣把當時流行的文學題材寫成這套詩作的真正價值。仔細深入研讀便會發現詩作裏面很多值得欽羨的地方。」（Susan Youens, *Retracing a Winter's Journey, Schubert's Winterreise*. Ithaca and London: Cornell University Press, 1991, p. 3.）

不足，未能一時領會的微言大義。原來文本沒有的，注釋者不能，也不應該穿鑿附會、妄自添加，違反了這個原則，就不能稱為好的注釋了。以為威廉·慕勒的《冬之旅》是意境平凡的二流詩作，是舒伯特的音樂把它提升成一流，只不過是他們未能欣賞原詩的意思，直待得聽到舒伯特的音樂闡釋，才豁然開朗，領悟其中的深義。二流的只是他們的悟性，並不是慕勒的詩才。就像一個人讀杜甫詩，半點兒不覺得它有甚麼好處，直等到聽老師講解，才明白其中的精妙，這總不能說杜甫的原作是二流，是他的老師把杜詩提升到另一境界吧。

對《冬之旅》另一個值得商榷的看法比前面一個更普遍，根深柢固，到今日還是主流。持這個看法的人認為《冬之旅》是一個失戀者的心路歷程，主角沒有辦法走出傷痛的深谷，至終逼得自己精神崩潰，變成一個瘋子。卡佩爾在《舒伯特的歌曲》所說：「(和《美麗的磨坊女郎》的主角相較，)這個冬天的流浪者的遭遇更是慘痛，他深入體悟所受到的傷害，最終把自己逼瘋了。」[3]最能代表這種看法。雖然，他和不少其他論者都認識到，《冬之旅》描述的「並不只是愛情上的失意，事實上，在我們脆弱的生命裏面，任何的災害都可以引發同樣因感情受傷的哀鳴、憤慨、委屈，在我們心內激蕩難平，最終的出路就只是癲狂。」[4]《冬之旅》裏面的失戀，詩人只是以之為人生一切失意的代表，詩裏面的主角不是失戀者，而是所有面對人生失意、

3 Richard Capell, *Schubert's Songs*, p. 232.

4 Richard Capell, *Schubert's Songs*, p. 231.

無奈、挫敗的人，詩作寫的是這些人的心路歷程。然而，詩裏面的主人翁最後精神崩潰以瘋狂告終卻是他們一致接受的結論。不同意對《冬之旅》這個悲觀看法的人，為數不多，我便是這少數裏面的一個。經過幾十年的聆聽，不斷反覆研讀歌詞，我沒有辦法接受詩裏面的主人翁「最終把自己逼瘋了」的看法。整套《冬之旅》廿四首詩歌裏面，我找不到任何一首歌曲，是一個精神瀕臨崩潰的瘋子所說、會說、能說的話。特別是結束前最後的幾首：〈客舍〉、〈勇氣〉、〈虛謊的太陽〉和〈搖琴的老人〉，更是如此。在《冬之旅》我看到的不是主角變瘋的過程，而是他怎樣擺脫了虛幻的希望，面對人生無奈的真實，學懂了比一般人更清醒、更勇敢地活下去。

本書是我向讀者講述我這六十多年和《冬之旅》相處的體悟，與讀者分享威廉·慕勒詩作的美麗、舒伯特音樂闡釋的精彩，帶讀者一同經歷這奇妙旅程所走過的，文學上、音樂上、哲學上、生命上的不同境界。

我把《冬之旅》全部廿四首詩譯成中文，並附德文原作[5]，按舒伯特的排序，放在全書正式開始，甚至〈引言〉之前，讓對這套組詩不熟悉的讀者，可以一口氣讀完，對全詩內容梗概有一個大略的認識。再看這本書，尤其是第二部分，每首詩的隨筆，可以更容易了解。

全書分三部分；

第一部分：詩人，和《冬之旅》的創作過程。

---

5 參考 Graham Johnson, *Franz Schubert: The Complete Songs (Volume Three)*. New Haven and London: Yale University Press, 2014, pp. 630–726.

在這部分，我敍述了詩人威廉·慕勒簡略的生平。舒伯特雖然是我最喜歡的四五位作曲家之一，但知道他的人比較多，為了篇幅關係，他的生平書內便從略了，並不是對他輕視。《冬之旅》無論文字版抑音樂版都是分階段完成的，兩個版本排序也略有不同。我為讀者交代了這個曲折的創作過程，和這兩個版本排序差異的原因，並它們各各所展示的中心思想。

第二部分：《冬之旅》二十四首歌曲的聽後隨筆和分析。

這部分是全書的核心，也是最長的部分。我為《冬之旅》裏面的每首詩各寫一篇分析和隨筆，提出我對該詩篇的會悟和了解，並它和其他詩篇的關係與呼應。我已經提到過，我的看法和一般大多數略有不同，為了讓讀者容易評估是非優劣，每篇隨筆都附上該詩在本書出現的頁碼，以便讀者翻閱、參考。

第三部分：《冬之旅》錄音的選介。

全套《冬之旅》的錄音約五百種，今日坊間不難購到的也有七八十種。這裏選擇我喜歡，或有代表性，由二十五位不同演唱家唱出的三十多款錄音給大家介紹。這個選介是很主觀的，絕對不表示沒有選入的錄音比選入的差，各位讀者千萬不要誤會。

第一部
詩人

早期生活

《冬之旅》歌詞的作者威廉·慕勒1794年出生於德紹(Dessau),萊比錫(Leipzig)以北的一個小鎮。他父親是一位裁縫[6],雖然生有七個子女,六個都不幸夭折,只有排第六的威廉養育成人。中學畢業後,威廉被郡主李奧普·弗德列茲公爵(Duke Leopold Friedrich)賞識,送到柏林大學專攻語文、歷史和文學。其實萊比錫大學就在德紹附近,公爵捨近圖遠,把他送到較出名的柏林大學,大概對他寄有很大的期望。從他畢業後屢獲公爵提攜:1820年被聘任為封邑圖書館館長,1824年更獲委任為公爵的私人顧問可以推知。如果慕勒不是早死,他事業的前景是一片光明的。

威廉·慕勒1812年進柏林大學,1813年應普魯士國王的呼籲自動參軍對抗拿破崙。1814年才重返柏林恢復學業。1817年,得大學教授的引薦,成為薩克男爵(Baron von Sack)的遊伴,暢遊奧地利並意大利兩年,到1819年一月才學成重返德紹。他把兩年的旅遊經歷寫成《羅馬,羅馬男人,羅馬女人》(*Rom, Römer, Römerinnen*)。這本書跟當時一般有關意大利的旅遊書籍不一樣,內容重點不在介紹景點文物,而是着意描寫當地的日常生活、風土人情,筆觸輕鬆、活潑,慕

6 根據菲舍爾—迪斯考寫的《舒伯特的歌曲》(*Schubert's Songs*)是鞋匠。

勒因此成為矚目的文壇新秀。[7]接下來，慕勒除了當上封邑的圖書館長外，還在中學教授古典文學，並從事編纂、翻譯、評論、創作等等的文學活動。

德國拜倫，風華正茂

1789–1799的法國革命在歐洲掀起了追求民主自由的熱潮，法國革命的精神成為當時歐洲進步知識分子政治理想的代表，早期的拿破崙站在反帝制的一邊，頓時成為他們的英雄。[8]他在1804年稱帝，對歐洲嚮往民主自由的知識分子澆了一桶非常冰凍的冷水。當時希臘正在爭取從土耳其的管治下獨立，便代替了法國成為歐洲知識分子理想的代表、支持的對象。希臘的象徵意義比法國更高一籌，因為它同時也代表了優秀的傳統西方文化，它反鄂圖曼帝國的鬬爭，不只代表了民主自由的理想，同時也象徵西方文化的再生。慕勒也是狂熱地嚮慕、支持希臘的一分子。他在十九世紀最為人所知的詩作，就是他所寫的四十三首《希臘之歌》(*Griechenlieder*)，在這些詩歌裏面他宣傳自由民主的思想，支持希臘人民的抗爭，歌頌古希臘文化。因為對希臘的嚮往，他對熱愛希臘的一切，名氣比他大得多的英國詩人拜倫(George Gordon Byron, 1788–1824)，十分景仰，為他寫傳記，向國人翻譯，推介拜倫的詩作不遺餘力，因此獲得「德國拜倫」的美譽。[9]

---

7 威廉．慕勒這本書到了上世紀還再版兩次：第一次在1956年，第二次在1978年。

8 貝多芬的第三交響曲《英雄》(*Eroica*)本來因為尊敬拿破崙反帝制，維護民主，是準備給他的。後來聽到拿破崙稱帝，氣憤得把樂譜寫有拿破崙名字的首頁撕了下來。交響曲也就改稱《英雄交響曲：獻給對一個偉人的回憶》。

9 慕勒被稱為「德國拜倫」並不是因為他在詩壇的地位，或詩風有似拜倫，而是因為他對拜倫的鍾愛，和在德語世界推介拜倫的功勞。

除了創作以外，慕勒還是一個優秀的翻譯家，向德語世界引介拜倫外，還把不少英國和當代希臘的文學作品翻成德文；他同時也是一個很好的編纂者，他蒐集不少中古的歌曲，以及當代希臘、法國的民歌；編修了一套共十冊的十七世紀德國詩人作品全集，並為《德國科學藝術百科全書》(*Allgemeine Enzyklopädie der Wissenschaften und Künste*) 撰寫超過四百五十篇的文章。

他自己的主要詩作都收入他兩冊的自選集。第一冊：《七十七首流浪吹角者遺留的詩作》(*Siebenundsiebzig Gedichte aus den hinterlassenen Papieren eines reisenden Waldhornisten*) 在1821年出版。第二冊《流浪吹角者遺留的詩作II：生命和愛情之歌》(*Gedichte aus den hinterlassenen Papieren eines reisenden Waldhornisten II*：*Lieder des Lebens und der Liebe*) 因為內容涉及對政府的批評、嘲諷，被拒出版，直到1824年才得以面世。舒伯特為它配上音樂的兩套組詩：《美麗的磨坊女郎》(*Die Schöne Müllerin*) 收在第一冊，《冬之旅》在第二冊。

作品評價

不少論者認為慕勒只是個十分凡庸的二流詩人。持這些意見的大半都是在討論《美麗的磨坊女郎》和《冬之旅》這兩套藝術歌曲的時候提出來的。可以推想他們大抵覺得被舒伯特配上了音樂的套曲比慕勒只有文字的詩更觸動他們的靈魂，相比之下，便以慕勒的原作為平庸了。一位樂評人說過下面的故事：他和一位德國朋友去聽施萊埃爾 (Peter Schreier) 演唱《美麗的磨坊女郎》，他感動得不能自已，淚流滿面。轉過頭來看坐在旁邊的朋友，卻見他正在咧口而笑，忍俊不禁，低聲地說：「真俗氣，真老土。」[10] 樂評人是聽舒伯特的歌，而他的德國朋友卻是聽慕勒的字。這令他感慨系之地說：「也許不太懂德文，更幫助我們欣賞這套組曲！」這位樂評人的朋友，可以代表不少今人對慕勒詩歌的看法。其實，慕勒的時代比我們早了二百年，我們今日視為庸俗、老土的，當時的人的看法可不一樣。「棄捐勿復道，努力加餐飯」、「在天願作比翼鳥，在地願為連理枝」，今日讀來，不少人也覺得老土，甚至「肉麻」，但又何損《古詩十九首》、〈長恨歌〉的文壇地位？二十世紀，以研究舒伯特藝術歌曲知名於世的英國樂評人李察 · 卡佩爾（Richard Capell, 1885–1954）說得最公允：

> 不是慕勒的同路人認為他詩裏面的境界，感情就像彩色石印版畫一樣的低劣廉俗。這個說法並不公允。他的短詩格律中規中矩，文字清晰流暢，琅琅上口。舒伯特就是鍾情於它的柔情。我們必須明白他們所處的年代，當時的人不會嘲弄柔情傷感，視之為不合潮流的。要找一個屬於那個時代的人，那就是慕勒。[11]

卡佩爾同時提醒我們：

> 舒伯特迷……的心中應該留一個位置給這位可親的詩人（慕勒），沒有他我們也就沒有這兩套不朽的名曲了。慕勒（的詩）……觸發了舒伯特的音樂詩情的泉源。[12]

認為慕勒的詩平凡庸劣，並不是當時對他的作品一般的評價。根據他有關文學理論的著述，和對其他

10 David Johnson, (1996, Sept/Oct). Review of Ian Bostridge's SCHUBERT: Complete Songs, *Fanfare*, Volume 20:1.

11 Richard Capell, *Schubert's Songs*. London: Pan Books Ltd, 1957, pp. 12–13.

12 同上，頁12。

作家詩作的批評，慕勒認為優秀的詩作必須自然、率真、簡樸。富麗的辭藻、繁複的修飾往往妨礙了真感情的表達。詩人應該讓讀者感受到詩歌裏面的真感情，而不是只看到他寫作的技巧。詩歌不是作者向讀者宣揚、解釋、教誨甚麼一種道理。好的詩作，「作者」必須消失，讓詩歌的內容直接和讀者的經驗、生活連結起來。對慕勒而言，優秀的民歌，形式、文字簡單真樸，但感情誠摯感人，也就成為他詩作的楷模。他並不只是模仿民歌的形式，而是要掌握民歌的神髓。接受慕勒對詩歌這種看法的，十九世紀大有人在。他們十分欣賞慕勒的詩作，認為是「像真正的民歌一樣，從豐富的內心湧流出來的。」[13]和慕勒同期的著名德國詩人海涅（Heinrich Heine, 1797–1856）盛讚慕勒的詩。在1826年寫給慕勒的信中，他說：

我是在你的詩歌中找到我要找的：真實的聲調、真實的素樸。你的詩歌是何等的純淨清晰，全都是真實的民歌。和你的相較之下，我的詩歌只是在某些方面有點形似，然而內容卻都只是時下社會的俗套。……研讀你那七十七首詩（指的就是慕勒第一本的詩集《七十七首流浪吹角者遺留的詩作》）我第一次清楚明白只有從舊有的民歌形式中才能產生新的詩歌體裁……。你第二本詩集，在我看來，就更加清通純淨了。……我所要說的是，除歌德（Goethe）以外，我再沒有其他詩人比你更仰慕的了。[14]

13 F. Max Müller, *Auld Lang Syne*. New York: Charles Scribner's Sons, 1898, p. 49.

14 Jost Hermand and Robert C. Holub (Eds), *The Romantic School and Other Essays*. New York: Continuum, 1985, p. 121. 這一段有關慕勒的詩風，和同代的人對他的評價都是來自阮茵詩（Susan Youens）的 *Retracing a Winter's Journey: Schubert's Winterreise*, pp. 17–21. 包括引文的撮要。阮茵詩這本書是英文研究《冬之旅》最詳細深入的一本，直到今天尚未有可與比肩的。

把慕勒放到歌德後的第一位，對一個德國詩人而言再沒有比這個更高的讚譽了。

在《美麗的磨坊女郎》和《冬之旅》，慕勒把詩內主人翁日常所見：河流、溪旁的花、衣服的顏色、房頂的風向標、井旁的連頓樹（Lindenbaum）、結冰的河面、荒野的鬼火、落在頭上的雪花、烏鴉、村犬、落葉……，隨手拈來，循此敍述主角的感受。詩中的主角只是如你我一樣的普通人，並非大冒險家，有驚心動魄的聞見；也不是大學問家，有深邃精闢的哲理，所言所感，都是一般人所共有、所能體會的，雖然沒有美麗的詞藻、深刻的思想，但情感純樸、真摯，所以詩歌沁人心脾，滌人耳目。

英年早逝

慕勒自己承認他是個喜愛四方遊浪，不甘安居一地的人。1820年，回到德紹未到兩年，他已經表示：「雖然我的處境並非不愉快，圖書館長的職務也沒有阻礙我的研究學習，但我始終還是不習慣。安居的生活令我像坐在灼熱的火炭上一樣（用中國成語，大概應該譯成「如坐針氈」），不能安息。」[15] 雖然如此，他1821年和當地名門閨秀愛德海蒂．范．巴西多（Adelheid von Basedow）結婚，三年內育有一女一子，根據時人報道，和他給妻子愛德海蒂的信看來，他的婚姻美滿，有一個幸福的家庭。

---

15 Schuyler Allen & James Taft Hatfield (Eds), *Diary and Letters of Wilhelm Müller*. Chicago: Chicago University Press, 1903, p. 5.

慕勒自幼便希望能夠有機會順萊茵河北下[16]，一探尼布隆傳說的發祥地。[17] 1827年，他終於得償宿願。當年夏末秋初，他花了差不多兩個月時間暢遊萊茵河下游一帶，直到九月廿五日才重返德紹。回家不過五天，便在睡夢中遽然離世，死時只不過三十三歲。當時有傳說他是因為郡內的宮廷政治被毒殺的，但事無確證。他任職的宮廷，主人並非舉足輕重的大人物，而在宮廷中，他也不是位高權重，會招惹殺身之禍，還是以死於心臟病一說較為可信。以他這樣短的壽命，作品無論在量和質上能有這樣的成就，實在是難能可貴，未能享受和舒伯特一樣的盛名，可以說只是「緣數奇」[18]而已。他的妻子比他多活五十多年，1880年才逝世。他的兒子弗德列治．麥斯（Friedrich Max）在英國牛津大學教授東方學，並創立比較宗教研究，頗有名聲。他的孫子威廉．麥斯（Wilhelm Max）也是研究東方學，特別是古埃及研究，於十九世紀末葉移民美國，任教美國大學，並在博物館從事古埃及研究。

16 萊茵河發源於德國南部，北流入海。

17 尼布隆（Nibelung）是一個人或族名，很多德國的神話傳說都是以它為背景。華格納（Richard Wagner）著名一套四齣的歌劇《尼布隆指環》（*Der Ring des Nibelungen*）就是以尼布隆的傳說神話為劇情的骨幹。

18 「緣數奇」，運氣差。王維七古《老將行》：「衛青不敗由天幸，李廣無功緣數奇。」

《冬之旅》曲折的創作過程

素未謀面，心有靈犀

舒伯特和慕勒幾乎可以說是完全同期的人物，慕勒早生三年，早死一年。兩人雖然從未見過面，但在「詩情」方面卻真是靈犀互通的知己。慕勒的詩往往深深觸發舒伯特的靈感，激發他為這些詩作譜上難忘的音樂。舒伯特一生寫了六百多首藝術歌曲，裏面四十五首：《美麗的磨坊女郎》組曲二十首，《冬之旅》二十四首，另外，寫於1828年十月，有以為很可能是舒伯特最後的作品：《岩石上的牧羊人》(*Der Hirt auf dem Felsen*)[19]，歌詞都是慕勒的作品。這四十五首藝術歌曲全都被樂界中人評為舒伯特作品裏面的上佳之作，同時也廣受一般樂迷歡迎。慕勒常以自己不懂任何樂器，也不會唱歌，不能給他自己的詩作配音樂為憾，對朋友說：

我的詩歌如果只是白紙黑字，也就不過只活了一半。直待得音樂為它吹進生命的氣息，它才完全地活過來。……也許在世界上某個角落，有個和我靈犀相通的人，聽到我作品背後的音樂，把它寫出來還贈給我。[20]

舒伯特就是「聽到(他)作品背後的音樂」寫還給他，讓他的詩作全活過來，與他靈犀相通的「知己」。

---

19 歌詞共六節，是舒伯特採自不同詩作合成的。首四節是慕勒的詩作，後兩節一般認為是威廉·范·賽斯(Wilhelm von Chézy)寫的。

20 慕勒給作曲家克萊恩(Bernhard Klein)寫的信。

慕勒的《美麗的磨坊女郎》在1821年出版，除〈前言〉、〈後語〉外，還有二十四首詩篇。舒伯特1823年在朋友家讀到，愛不釋手，把廿四首詩裏面的二十首譜上音樂，在1824年出版，那是他第一次為慕勒的詩作寫音樂。[21]

《冬之旅》是舒伯特第二次為慕勒的詩作寫音樂。無論文字版，抑音樂版，兩者的創作過程，比起《美麗的磨坊女郎》都曲折。它的文字版本分三階段完成，而音樂的版本也分兩階段完成，最後文字的定本和音樂的定本在歌曲的排序方面有很大的不同，內容文字方面也有一些的歧異。它曲折的完成過程，以及文字版本和音樂版本的差異，為我們提供了怎樣了解《冬之旅》一些很有興味的線索。

《冬之旅》的文字版

1822年慕勒把十二首《冬之旅》送到萊比錫出版商巴洛克斯（Friedrich Brockhaus）那裏，說：「這就是我給1823年《烏剌尼亞》（*Urania*）年刊寫的詩作。」[22] 這十二首詩是以《威廉・慕勒流浪者之歌・冬之旅・十二首》（*Wanderlieder von Wilhelm Müller. Die Winterreise. In 12 Liedern*）為題刊登於1823年的《烏剌尼亞》年刊，207–222頁。從詩題看來，慕勒是把這十二首詩視為相互關連呼應的詩組，而不是各各獨立的詩篇。

---

21 他為甚麼只為二十首，而非全部廿四首譜上音樂，一般認為因為其餘的四首音樂性不高，而且刪掉這四首詩令全組詩的結構更緊湊。

22 烏剌尼亞（Urania），希臘神話裏面的九位繆思（Muses）之一，掌管天文，亦是當時德語世界的一本包羅不同知識範疇的年鑑的名稱。

1823年三月，在《德國散文，文學，文化，戲劇散篇》(*Deutsche Blätter für Poesie , Litteratur, Kunst und Theatre*) 慕勒發表了另外不同的十首詩。這十首並不是以詩組形式，而是當作各自獨立的詩篇發表。[23]可是到了1824年出版他詩歌結集的第二冊：《流浪吹角者遺留的詩作 II：生命和愛情之歌》的時候，他把刊登在《德國……散篇》各自獨立的十首，另外再多加兩首新作，[24]分別插入先前發表的十二首《冬之旅》中間不同的地方，混合成一套共廿四首，仍然以《冬之旅》為題的組詩，刊在詩集的75–108頁。明顯地他是把這本來分別刊登在不同地方的二十四首詩視為彼此有關連，相互呼應，可以在同一主題下結成一組的詩篇。這增訂版，就是今日我們所認識文字《冬之旅》的定本。

舒伯特和慕勒《冬之旅》的不同排序

舒伯特的《冬之旅》歌詞就是慕勒的二十四首版，只是詩章的先後排序不同。下面我把它們不同的排序並列，慕勒的排序在左，舒伯特的在右。慕勒最早發表的十二首依當時的排序冠以1至12的數字，發表在《德國……散篇》另外的十首散篇冠以從A到J的英文字母，最後加添的兩首新作分別以 # 和 * 標識，讀者可以看到慕勒對這不同時間完成的詩篇在《冬之旅》裏面的排序，和舒伯特的排序作個比較：

23 它們在《德國散文，文學，文化，戲劇散篇》發表時的排序是：〈白頭〉，〈最後的希望〉，〈烏鴉〉，〈過某村〉，〈風暴的早晨〉，〈虛謊的太陽〉，〈路標〉，〈客舍〉，〈勇氣〉，〈搖琴的老人〉。

24 那就是〈郵車〉和〈幻像〉。

慕勒的《冬之旅》	舒伯特的《冬之旅》
1　晚安	1　晚安
2　風向標	2　風向標
3　凝結的淚	3　凝結的淚
4　僵固	4　僵固
5　連頓樹	5　連頓樹
#　郵車	6　水流
6　水流	7　河上
7　河上	8　回顧
8　回顧	9　鬼火
A　白頭	10　休息
B　烏鴉	11　春夢
C　最後的希望	12　孤獨
D　過某村	13　郵車
E　風暴的早晨	14　白頭
*　幻像	15　烏鴉
F　路標	16　最後的希望
G　客舍	17　過某村
9　鬼火	18　風暴的早晨
10　休息	19　幻像
H　虛謊的太陽	20　路標
11　春夢	21　客舍
12　孤獨	22　勇氣
I　勇氣	23　虛謊的太陽
J　搖琴的老人	24　搖琴的老人

舒伯特的《冬之旅》不同排序的原因

為甚麼舒伯特《冬之旅》的排序跟慕勒的不一樣呢？一般認為這是因為外在不能控制的原因，不得已作出的權宜之計。

舒伯特第一次讀到《冬之旅》是1826年的秋天，舒伯特當時和摯友蘇伯爾同住。蘇伯爾的藏書裏面有《烏剌尼亞》1823年的年鑑，舒伯特在那裏第一次讀到慕勒十二首版本的《冬之旅》。雖然那時載有廿四首版本《冬之旅》的慕勒詩集第二冊：《流浪吹角者遺留的詩作 II：生命和愛情之歌》已經出版了兩年多，但舒伯特當時並不曉得它的存在。就像他三年前（1823年）第一次讀到《美麗的磨坊女郎》一樣，舒伯特馬上便被慕勒這些詩篇所吸引，忙不迭地為它配音樂。舒伯特作曲是出名地快的，我們不曉得他甚麼時候完成了所有十二首《冬之旅》的音樂，現存一份送政府審核的雕刻版，上面審查處批准的日期是1827年十月廿四日，完成的日期肯定要再早好幾個月，大概是1827年春夏之交吧。舒伯特很清楚認為這就是《冬之旅》的全部，因為他在樂譜最後寫上了“Fine”（完結）一字。舒伯特這十二首《冬之旅》在1828年一月十四日出版面世。

甚麼時候舒伯特才發現增版的二十四首《冬之旅》呢？現在已經難以稽考了。不過，應該在他完成《冬之旅》第一部分，樂譜已經送到出版商準備出版後不久發現的。現存舒伯特《冬之旅》第二部分的手稿稱這後添的十二首為：威廉·慕勒的《冬之旅續篇》（*Fortsetzung der Winterreise*），上面寫上的日期是1827年十月。由此推測，他發現《冬之旅》增添的第二部分起碼要再早三、四個月，大概也是在1827年春夏之交，不過應該是在他把第一部分送出版社之後。因為如果發現的時候，第一部分尚未寫完，他應該不會在第一部分的最後寫上「完結」一詞的。所以一般的推想是當他發現二十四首版《冬之旅》的時候，他已經完成了為第一部分寫的音樂，並且已送交出版商出版。倘使再按新發現的慕勒定稿，並依慕勒的排定次序，加插另外新增的十二首，為了音樂上連接順暢，有幾首歌曲的音樂便不能不更改，那便得重新刻版，這就牽涉到金錢問題，出版商未必同意。所以舒伯特便採取了最簡單的方法，把慕勒後來加上去的十二首，分別出來，譜上音樂成為「續篇」。可是不知為了甚麼緣故，《續篇》雖然在1827年十月已經完成，但卻等了差不多整整一年，到1828年九月，他才把它送到出版商那裏，直待得1828年十二月底才出版面世，那時他逝世已經一個多月了。

舒伯特的定本廿四首《冬之旅》並不是連貫的一套，而是分成兩部分：〈第一部分〉（*Erste Abtheilung*），也就是慕勒刊在烏剌尼亞年鑑的十二首，和〈第二部分〉（*Zweite Abtheilung*）也就是《續篇》，慕勒後加的十二首。續篇的排序是按它們在二十四首版本出現的次序排列。唯一的更改，就是把本來慕勒放在倒數第二位的〈勇氣〉，和〈虛謊的太陽〉的位置互易，把〈勇氣〉移前，放〈虛謊的太陽〉在最後一首〈搖琴的老人〉的前面。這兩點，看上去更動不大，但對我們了解舒伯特的《冬之旅》卻是十分重要的線索。

《冬之旅》和《美麗的磨坊女郎》的關係

像《冬之旅》這樣的組詩，或組曲，無論在慕勒，抑舒伯特的作品裏面都不常見。舒伯特的作品裏面，就只有兩套，裏面的詩歌彼此有關，相互呼應的組曲：《美麗的磨坊女郎》和《冬之旅》，兩者都是慕勒的詩作。後來的《天鵝之歌》(*Schwanengesang*)只是出版商把舒伯特生前最後的作品結合在一起，冠以一個美麗的題目，增加銷路，雖然常常合起來一齊演出，但並不真是內容相關有結構的「組曲」[25]。慕勒的詩作雖然不乏組詩，大都只是把內容相近，例如描寫某個地方的風物，描寫一年十二個月的不同景色……等等的詩作，合成一組。[26]以一個人物的經驗為幹線，詩與詩之間有連繫、呼應，並冠以一個特別題目的，就只有《美麗的磨坊女郎》和《冬之旅》。這兩套組曲主題都和失戀有關，成詩日期相差只有兩三年，兩者之間的關係，比前人留意到的更密切。研究《冬之旅》，如果從《美麗的磨坊女郎》入手，會帶給我們新線索、新體會。

---

25 以鋼琴伴奏的獨唱組曲(Song Cycle)並不多見。舒伯特以前，廣為人知的就只有貝多芬的《給遠方的所愛》(*An die ferne Geliebte*)。這個樂種是舒伯特為它奠下基礎的。

26 慕勒詩集收有一組十九首《田野之歌》(*Ländliche Lieder*)，另十三首一組的《月份》(*Die Monate*)描寫一年十二個月不同景物的十四行詩。

《美麗的磨坊女郎》故事性比《冬之旅》強，如果我們知道它的創作背景，就很容易明白為甚麼了。

《美麗的磨坊女郎》的創作過程

慕勒參軍對抗拿破崙退伍後重返柏林大學後的幾年，經常參加當地政府要員在官邸舉行的雅集。

參加的人裏面有不少後來在歐洲文化界享盛名的少年俊彥。就如：德國浪漫時期重要詩人，為後來作曲家提供了豐富素材的民歌童謠結集《少年人的魔法號角》(*Des Knaben Wunderhorn*) 的編纂者：阿希姆·范·阿爾尼姆 (Achim von Arnim, 1781–1831)；以繪畫人像著名，女作曲家芬尼·孟德爾頌 (Fanny Mendelssohn, 1805–1847)[27] 丈夫威廉韓素爾 (Wilhelm Hensel, 1794–1861) 都是雅集的常客。他們風華正茂，

舒伯特生前與朋友參加的「音樂雅集」。

27 芬尼的弟弟費利克斯 (Felix Mendelssohn, 1809–1847)，是大家都熟悉的名作曲家。

氣味相投，惺惺相惜，過從甚密。一次，也不知誰人發起，他們選擇把一個故事編成詩劇，劇中人分由不同的人扮演。每個人為自己所扮演的角色撰寫台詞（既是詩劇，台詞也就是詩章了），然後請當時已經薄有微名的作曲家伯格爾（Ludwig Berger, 1777–1839）為詩劇配上音樂。他們選擇的詩劇內容就是《美麗的磨坊女郎》的故事[28]。磨坊主人美麗的女兒露茜（Rose）有不少追求的人：在磨坊工作的工人、獵人、園丁、鎮上一位鄉紳。磨坊工人追求不遂，失意之下，投河自盡。磨坊女郎見到自己鑄成大錯，傷心欲絕，也跳河自殺。劇終的時候剩下獵人在河畔為他們兩個人唱輓歌。慕勒被派擔任磨坊工人的角色。他為詩劇所作的就是《美麗的磨坊女郎》的前身了。詩劇完成以後究竟有沒有公開上演過，現在很難查個清楚。我們只知道，伯格爾特別欣賞慕勒以磨坊工人身份寫的詩篇。他從為這詩劇寫的音樂中，抽取十首合成組曲，其中五首是慕勒所作的。他對這位年青的詩人鍥而不捨地鼓勵、敦促，要他重寫，改善所作，最後連慕勒本人也真是覺得這些遊戲詩篇有它們的價值，學成離開柏林以後，還不斷修改、增添，把其中的篇章刊登不同的詩刊。最後定本共廿四首，另外加上〈前言〉（Prolog）和〈後語〉（Epilog）刊在他1821年出版的《流浪吹角者遺留的詩作》的第一冊。1823年舒伯特在朋友家看到這組詩，愛不釋手，把其中的二十首配上音樂，就是今日我們

28　1788年意大利作曲家柏舍盧（Giovanni Paisiello, 1740–1816）寫過一齣內容大同小異的歌劇 *La bella Molinara* 在德國風靡一時，貝多芬也為其中的音樂寫過兩首鋼琴變奏曲。磨坊女郎的故事並不是慕勒和他的朋友始創的。

認識的《美麗的磨坊女郎》。[29]《美麗的磨坊女郎》既然前身是詩「劇」的部分，以主角的遭遇為經，故事性自然強了。

慕勒《冬之旅》不是源於個人的經歷

《冬之旅》並不是脫胎於詩劇，雖然寫的也是失戀的感受，但主角的身份、他的愛人是誰、失戀的原因，讀者都不清楚，缺乏一般故事的情節，只不過是記錄了失戀人離開傷心地後，在流浪的旅程中，心裏面的種種感受。有人推想《冬之旅》也許是慕勒親身的經歷，夫子自道，編成詩歌，嘗試從慕勒的生平找出《冬之旅》的源頭。

慕勒結婚以前只有兩次「愛情」經驗。第一次，他1813年參軍對抗拿破崙，在1814年退役返回柏林大學前，曾在今日的比利時的首府布魯塞爾（Brussels）停留了一小段日子，在那裏他和一位名叫德麗茜（Thérèse）的女子發生過一段情，後來事情弄得很不愉快，慕勒的父親為此非常生氣、擔心。他自己後來也承認那段日子他是太自由任性，放縱情慾。看來那段戀情的結束是他的主動，並非他被女子拋棄，談不上是失戀。第二次，上面提到過的雅集裏面的威廉．韓素爾，他的妹妹露薏絲（Luise Hensel, 1798–1876）既美麗又有詩才，追求的人甚多，包括慕勒在內。但露薏絲終其一生都沒有結婚，1818年，還只不過二十歲，便「看破

29 據説舒伯特在朋友家第一次看到這組詩，深深被它吸引，沒有得到朋友同意，便把詩集私自帶回家去了。翌日，朋友發現了，到舒伯特家索回。舒伯特除了把書歸還外，還送他朋友他一夜之間完成的〈流浪〉：《美麗的磨坊女郎》的第一首，以示歉意。

紅塵」，進入修道院當修女去了。這不能算是失戀，慕勒也從未有為這件事表示傷心難過，決不是《冬之旅》所表達的感情的發源地。1821年慕勒和愛德海蒂·范·巴西多結婚，從所有有關資料看來他們的婚姻是愉快的，因此在慕勒的一生裏面，我們找不到任何和失戀有關的經驗，可以誘發《冬之旅》組詩所表達的感情。其實，好的文學作品不一定，也不需要源於作者個人的第一身經驗。否則，莎士比亞也就沒有可能寫出這麼多有關不同人物、不同情感，卻都動人魂魄的劇本了。作家需要的只是敏鋭的觀察和想像力，細緻的體會和同情，便可以寫出種種不同的情懷，恍如親歷了。根據現有的資料，我們可以確定《冬之旅》不是本於慕勒的第一身經驗，而且全組詩裏面都沒有透露主人翁的身份，以及任何有關他身世的資料，也就表示這組詩寫的不是任何一個個別失戀者的經驗，是詩人脱離特別個體，對「失戀」這種感情的描寫。

慕勒《冬之旅》源起的推測

對《冬之旅》的源起，我有一個大膽的設想，在下面提出給大家參考。

《冬之旅》最初發表的十二首（1–12），和後來加上去的十首（A–J）都是發表於1823年初，前者在1823年的《烏剌尼亞》年鑑，後者在三月份的《德國……散篇》，相隔大抵不會超過三個月[30]，可以説是同時的作

30 初版《冬之旅》發表在1823年的《烏剌尼亞》年鑑，我找不到它出版的月份，估計不會早於1822年十二月。這裏提到的十首詩是發表於1823年三月的《德國散文，文學，文化，戲劇散篇》。

品，就慕勒自己看來都是關乎同一主題，起碼由同一主題誘發的，否則，他後來便不會把它們合成《冬之旅》一套組詩了。誘發這些詩作的主題就是「失戀」，但這並不是某一個個別的失戀故事。個別的失戀故事慕勒在《美麗的磨坊女郎》已經寫過了。慕勒，受了伯格爾的鼓勵，前前後後花了好幾年工夫撰寫《美麗的磨坊女郎》，對失戀的遭遇和感情肯定花上不少時間、心力去觀察、揣摩，甚至代入，有很多不同的參悟、體會。然而不是所有的體悟都適合《磨坊女郎》故事的時、地，和主角的身份，因此未能全部都寫進《磨坊女郎》這組詩的裏面。某些有關失戀的參悟，更昇華成為對人間種種失意的體會，失戀也就不再只是失戀，蛻變成為生命裏面，特別是世與我相違的感喟所引發，不得意的代表了。這些感悟雖然不適合寫進《美麗的磨坊女郎》的詩組，但不少卻是很有深度，別有境界，攪人懷抱的，慕勒捨不得把它們放棄為詩作的材料，把它們都寫成詩篇，1823年初，在不同地方發表的這二十四首詩歌便是結果了。

這些詩篇，內容沒有故事情節的敍述，也沒有對外在景物的觀察描寫，只是主人翁個人的獨白，而且是沒有聽眾的獨白，只是自己說給自己聽的話。不錯，#15〈烏鴉〉最後一節像是說給烏鴉聽的，#24〈搖琴的老人〉最後兩句像是對搖琴老人說的話，但這只不過是「像是」，主人翁對他們是否聽得見，是否聽得懂，有甚麼回應，是一點也不關心的，因為這只是以問話形式的自我發洩，是他當下內心的感受，並不是真的有一個說話的對象，也不是要給後來的人留下的甚麼遺言、忠告。從這廿四篇獨白裏面，我們看到的是主人翁因失戀開始，漸逐體悟人生的種種無奈、失意的心路歷程。從這個角度去看慕勒寫的《冬之旅》，對整組詩曲折的完成過程便容易理解了。

慕勒第一次的嘗試：十二首版《冬之旅》

慕勒有意把自從撰寫《磨坊女郎》開始，多年來參悟「失戀」所得，卻未能納入《磨坊女郎》組詩的詩章，另結成詩組。在1823年的《烏剌尼亞》年鑑以《冬之旅》為題發表的十二首詩（上面提到的1–12），就是最初的嘗試。這十二首詩很明顯地是以失戀為主題。其中九首內容直接、間接都提到拋棄主角的「對方」，並且清楚表示主人翁對她強烈的憶念和不捨。這個棄他而去的舊愛，是十二首版《冬之旅》的中心。十二首詩裏面，只有#9〈鬼火〉，#10〈休息〉，和#12〈孤獨〉三首，沒有提到「對方」。把這三首抽離獨立來看，也許看不到它和失戀有關，不過三首內容都和人生的無奈失意有關，流露哀傷怨懟的感情，和其他九首失戀詩結成一套組詩，並不覺離題，反而擴寬了詩的境界，失戀主題依然清晰，組詩的結構完整。

初版十二首《冬之旅》的起點是主角的失戀。#1〈晚安〉寫到，主人翁在短短幾個月之間，從談婚論嫁轉變到被排斥背棄，不得不黯然離開。大概「情變」剛發生的時候，主角還未完全感受到失戀的打擊，仍然可以控制自己的心緒，所以在詩裏面的表現還算鎮定、理性。到了接下來的#2〈風向標〉，因失戀所引起心內的怨懟便幾乎完全失控了，讀這首詩，主角咬牙切齒，眼中冒火，聲嘶力竭的嗥號，恍惚就在目前。然而他怒氣、惱恨的目標是他所愛者身旁的親友，沒有片言隻字是衝着他所愛而來的。主人翁在這十二首詩裏面對拋棄他的對方完全沒有表示過甚麼怨恨，一方面可以說是因為他對所愛一往情深，另一方面，也是一種下意識的自我解嘲、自我安慰——如果不是旁邊小人作梗、唆擺，她仍然是愛我的——這是一般失戀者常見的最初反應。這個心態很快便過去，在接下來的詩裏面，這樣歇斯底里的怨憤再也沒有出現過。緊接下來第三、第四兩首：〈凝結的淚〉和〈僵固〉，寫的是主角對所愛、對過去依依難捨的憶念。在 #4〈僵固〉他甚至暗示寧願自己的心僵冷致死，也要抱緊這個回憶，不讓它流失、消逝。《冬之旅》開始這幾首詩充滿的是狂亂、灼熱的感情，沒有任何理性的反思，也沒有想到怎樣面對、回應這個撕裂靈魂的痛苦經驗。

到了 #5〈連頓樹〉，主人翁才第一次作出冷靜的選擇：放棄沉溺在連頓樹虛幻的安慰中鬱鬱，僵凍而終；寧願面對真實，帶着破碎的心走前面寒風凜冽，冰雪交加的路。〈連頓樹〉不只是《冬之旅》音樂上第一首引人入勝的佳作，也是全組詩主題第一個重要的轉捩點。在它之後我們再找不到像 #2〈風向標〉那樣淒厲的怨憤，#3〈凝結的淚〉楚楚的自憐，#4〈僵固〉絕望中的依戀。接下來 #6〈水流〉，主角不再緊抱僵冷的回憶，敢於提到他幻想將來與所愛的重逢了。「重逢」也許不貼切，他希冀的只不過是在眾水陪同底下，匆匆地流過舊愛的門前，是否見得到她的面，是否可以跟她說一句話，也不計較了。#7〈河上〉，主角在冰封的河面，就像在墓碑上，刻上愛人的名字，並兩個日期：第一次的海誓山盟、最後的移情我棄，首次表示接受他的失戀，並且把這痛苦的經驗埋葬。#8〈回顧〉

也就是一個小結。在詩裏面，主角回看他這傷痛的經歷，已經可以承認誤墮情網：「少女一雙含情脈脈的眼睛——啊！朋友，你便深墜網羅。」甚至自嘲失戀離開時的慌忙狼狽：「走得匆匆忙忙，路上跌跌撞撞。烏鴉也向我的帽子投擲冰塊/離開時我就是這樣倉倉皇皇。」

餘下的四首詩，除了 #11〈春夢〉以外，#9〈鬼火〉、#10〈休息〉，就像上面所說，已經不再只是失戀詩了。主角在 #7〈河上〉接受了失戀的事實。埋葬了傷心的過去，已經開始跳出失戀，從更闊的範圍去思想，處理他的憂傷。經過失戀的衝擊，在〈鬼火〉裏面，主角開始對人生反思。他把失戀之痛，看成人生路上不同經驗的一種：生命裏面一切悲歡離合都是起於一個偶然，都在追尋一個夢，就像行人在荒野，跟踪一點燐燐鬼火。以後發展成功失敗、快樂哀愁，「大抵為人土一丘」，都隨着個人生命的終結，走進一坯黃土。作者同時悟到，人生就是一個追尋的過程，無論遭遇甚麼都不能停下來，都必須要繼續走。生命是不能停下來的，是不斷的在動、在走。生命的意義就在這個「走」的過程裏面。雖然有時走得困倦，但就如 #10〈休息〉裏面所說：停下來，在安謐平和裏，心中卻感到「毒蛇噬咬的痛楚」。毒蛇的噬咬，會叫被咬的漸逐麻木，失去知覺，在混噩無知中死去。很可能因為這個體悟，慕勒把組詩冠以《冬之旅》這個名稱——「旅」：人生是一個無住的旅程。「旅」的體會是 #9〈鬼火〉開始的，在十二首的初版裏面並沒有詳盡的發揮。

主角在 #11〈春夢〉再一次回顧，也在結束之前再提醒讀者「失戀」的主題。不過 #11〈春夢〉的回顧，不像第八首，並非有意識的回顧，而是在夢中。在主角的意識世界，甜蜜的戀情已是過去，而且一去不回。「窗上的葉何時再綠？甚麼時候她再依偎我身？」答案顯而易見是「不再」，只可相逢在夢中。埋葬了淒迷美麗的過去，接下來在 #12〈孤獨〉裏面，主角就「像烏雲一朵，飄越萬里晴空。⋯⋯從沒有人和我招呼，向我問好。」孤身上路，走他前面當走的路。這是初版十二首《冬之旅》的最後一首，寫的雖然是一個結束：主角埋葬了對拋棄他的舊愛的回憶；但同時也是個開始：離開失戀的哀傷，面向將來要走的路。詩裏面描寫主角的處境就像一片烏雲，準備飄越與它格格不入的萬里晴空的孤單旅程。全組前後呼應，脈絡分明。

未曾納入初版《冬之旅》的十二首詩

　　沒有收入初版《冬之旅》組詩裏面，以獨立散篇形式發表於《德國⋯⋯散篇》的十首（上面提到的 A–J 詩），都是同由「失戀」主題引發的作品，從發表的時間看來，和收入《冬之旅》的十二首，是同期作品。慕勒沒有把它們收入《冬之旅》因為內容和《冬之旅》的十二首很是不同，和主題「失戀」的關係，沒有收在《冬之旅》那十二首的明顯直接。除了〈虛謊的太陽〉也許勉強可以被視為失戀詩以外，（那還得要看讀者怎樣理解詩裏面提到那兩個「西沉的太陽」代表的到底是甚麼，）其他九首，沒有一首明顯地是失戀詩。這九首詩的內容，無論直接、間接都沒有提及主人翁「失戀的對象」，這個在前十二首詩裏面的中心人物，在這九首詩裏面消聲匿跡。詩的內容也不只是一味回憶過去，宣洩感情，還有對將來的前瞻，對生命理性的反思，主題顯而易見不再直接是失戀，而是對生命中的逆境、失意、無奈、挫敗的反應。它們的內容粗略可以分成三類：有關死亡的三首：#14[31]〈白頭〉、#15〈烏鴉〉、#21〈客舍〉；有關希望的三首：#16〈最後的希望〉、#17〈過某村〉、和 #23〈虛謊的太陽〉[32]；另外四首 #18〈風暴的早晨〉、#20〈路標〉、#22〈勇氣〉、#24〈搖琴的老人〉是經歷人生的失意哀愁，在重重反思下主人翁對生命的回應。慕勒是詩人，並不是哲學家，他這十首詩並不是哲學論文，而是詩人投入主人翁的處境，天眼偶開，對人生遭遇所得的妙悟，內容已經離開誘生它們的主題「失戀」遠了一點。當第一次把這些詩結合成一組的時候，就是慕勒本人對這十首詩也一時感到無所措手，不曉得怎樣處理，所以把它們分開當獨立篇章發表，沒有收進組詩裏面。然而，在慕勒心中它們是和《冬之旅》的十二首是同源的，把它們摒棄組詩之外，還是十分難捨，耿耿於懷，不到一年，他又改變初衷，把這十首和前十二首，再多添 # 和 * 兩首，重新排序合成最後廿四首版本的《冬之旅》。從慕勒這樣的舉棋不定，可見他對怎樣處理這十首詩的考慮和徬徨了。[33]

31　依舒伯特《冬之旅》的編序。

32　這首詩有不同的演繹。我把它列為有關希望的一篇，理由在下面討論這首詩的時候有詳細的解釋。

33　托爾斯泰（Leo Tolstoy, 1828–1910）曾經說過，動筆之後，文章的發展往往有它自己的生命，就是作者也未必控制得來，往往感到驚訝失措的。我覺得慕勒對這十首詩的發展和感情就如托爾斯泰所云，並非他控制得來，連他也感到訝異。

慕勒二十四首版《冬之旅》的結構和組織

慕勒廿四首的排序顯然沒有十二首的緊湊，主人翁的心路歷程也沒有十二首的清楚。特別顯著的是把〈春夢〉放到倒數第四的位置。自〈回顧〉以後，主角已經漸逐忘記了他的舊愛，在〈虛謊的太陽〉甚至表示：「完全黝黑活得更自由自在。」忽然在組詩瀕臨結束之際，竟然再說：「窗上的葉何時再綠？甚麼時候她再依偎我身？」似乎是有點來得突兀的倒退；把〈休息〉放到〈路標〉和〈客舍〉之後也不太妥當，在〈路標〉，主角已經說他正在「沒有休息地尋找休息」，在〈客舍〉更清楚表明他以為可以永久枕首的墓地也拒絕把他收容，曲終前「上路吧，繼續上路吧」之歎，只是責任的敦促，並不是鼓勵自己重上戰場的口號，又怎會再有〈休息〉詩裏面急於「重回與風雪搏鬥的戰場」的激情？這幾首詩在新的排序中似乎出現得有點過晚。慕勒大概認為後加的十首只是主角把個人的經驗普及化反思後的所得，都是失戀者，不分先後、深淺，在不同時間的不同感受，並不是前十二首深入的延續，在排序上不必太講究。只是結合成一套組詩，後來的十首比前寫的陰暗鬱結，全都放在後面恐怕讀者受不了，因此把它們分插在前十二首不同的地方，叫整組詩後半部的氣氛不至過於憂鬱神傷，令人透不過氣。全組詩的理路，迂迴了一點，基本上仍然和初版十二首的一樣。

後加的十二首雖然安排的次序未盡如人意，但也頗見心思。〈郵車〉放在〈連頓樹〉之後，表示主人翁不單離開了傷心地，傷心地也和他一刀兩斷，再沒有給他傳來任何音訊，和他有任何的聯絡。其他的十一首，八首放到〈回顧〉和〈鬼火〉之間。〈回顧〉是主人翁有意識地最後一次回想他失戀的過去，後來加上，從〈白頭〉到〈客舍〉的八首，沒有一首提到他失敗的戀情，都是主角睹物興喟，觸景傷情，感性的作品，也沒有理性的反思，對前路的思索，放在〈回顧〉之後是合理的。這八首過後，便再接駁到初版十二首的第九、第十：〈鬼火〉和〈休息〉：初版十二首裏面最具反思的兩篇詩章，再加入同具反思性的〈虛謊的太陽〉，接下來是〈春夢〉，提醒讀者全組詩失戀的主題，便來到初版《冬之旅》最後一首〈孤獨〉：離開失戀哀傷，開始前面的新旅程。不過不像初版《冬之旅》，慕勒沒有把讀者遺留在孤獨徬徨的裏面，在〈孤獨〉之後，他加上〈勇氣〉和〈搖琴的老人〉兩首作結，暗示主人翁經過種種的失意、反思，到了最後，擺脱了哀愁的綑縛，不再發夢，不再自我疏離，樂觀自信地把命運掌握自己的手中，大聲宣告：「宇宙沒有上帝，我就是生命主宰。」搖琴的老人就是他重複入世後的第一個伴侶。然而，主角在前面一再表示：「既已覺醒又何必回頭依依眷戀。」（〈過某村〉）；電閃雷轟，風暴嚇人，才是愜意（〈風暴的早晨〉）；「完全黝黑活得更自由自在。」（〈虛謊的太陽〉）這樣樂觀的一個改變是否有點太突兀、矯情、虛假？就像莫札特的歌劇《唐．喬凡尼》（*Don Giovanni*）為了迎合大眾，勉強給作品一個光明的尾巴？[34]

34 莫札特歌劇《唐．喬凡尼》本來是在主角唐．喬凡尼堅決不肯悔改，被還魂的石像拖進地獄的驚叫中結束的。後來為了迎合當時的觀眾，才在劇終前加上「善惡到頭終有報」的合唱。今日不少人覺得這削弱了全劇的信息。

舒伯特更改《冬之旅》排序的啟發

固然，舒伯特是因為把慕勒初版十二首的《冬之旅》配上音樂付梓後，才發現二十四首的定本，只好因時制宜把新發現的十二首，按它們在廿四首版本出現的先後（除了把〈勇氣〉和〈虛謊的太陽〉兩首的位置互換之外）配上音樂，以《冬之旅續篇》的名稱另外出版。然而，我們不必為這個意外的權宜感到惋惜。因為舒伯特不得已而改的《冬之旅》排序，大多數人認為比慕勒的更層次分明，結構完整：

> 舒伯特知道他所做的是甚麼。如果他是這些不容他控制的命運和意外的受害者：一個作曲家不幸地沒有在合適的時間看到（他要看到）的書或詩歌，他卻能把這些一切轉化成藝術上對他有利的條件。這不正正是我們對他這樣天才橫溢的「魔術作曲家」所該有的最低期望嗎？要是我們聽完《冬之旅》硬是覺得有甚麼地方不大對勁，也許我們需要想辦法把它改回慕勒的排序。但《冬之旅》沒有這個需要。這170年間無數精彩、震撼的演出，都在見證這位雖然並非鋒芒畢露，但卻是歷史上意志最堅定的大作手的才華。[35]

然而，我們必須留意，舒伯特更改的排序有兩處並非只是權宜之計：

第一，他把後加的十二首分別出來，稱為《冬之旅續篇》。這清楚表示他認為廿四首雖然同一主題，但後來的十二首和前十二首還是有不同的偏重的。後十二首所描述的是主角接受，埋葬失戀後，像一片烏雲孤單上路，越過晴空的旅程，雖然都是失戀所誘發，但

35 Graham Johnson, *Notes for Winterreise*. Hyperion CDJ 33030, p. 9.

和前半部的感喟，思維兀自不同。焦點不再集中在把他拋棄的「舊愛」，主題也不是怎樣「離開」傷心地；《續篇》的中心不再是舊戀人，也不是他自己，而是「旅程」：不是怎樣「離開」過去，而是怎樣「奔向」將來的旅程。因此，《續篇》沒有像〈春夢〉，提醒讀者主角失戀的詩篇；也沒有像〈休息〉裏面那種徨徨乎復何之，徬徨失措的悵惘。《續篇》記述的是主角把失戀昇華成一切人生不如意、挫敗的代表，從而學習如何面對、處理這些無奈，與初版十二首的感受雖然同源，但詩的內容已經遠遠超越療治失戀的衝擊，反思所涉及的問題也比失戀更深，範圍更廣，境界更高。是主人翁因失戀所引起對生命的反思，對人生體悟的攀升、進展的紀錄。慕勒因為所有廿四首詩篇都是從體察失戀開始，始終未能放棄要把這些詩章以「失戀」為主題，結合成一詩組。舒伯特因為「意外」，反而看到不同詩篇的體會反應深淺有別，呈示一個進程。慕勒為詩組所立的題目是《冬之旅》，「旅」是一個前進的過程，如果他把重點多一點放在「旅」：主角的心路「歷程」，他的最後排序也許會更接近舒伯特的。

舒伯特的排序另一並非完全只是為了方便，因時制宜，而是費過心思之處，就是他改變慕勒原來的安排，把〈勇氣〉和〈虛謊的太陽〉的位置互易。〈勇氣〉在慕勒的排序是倒數第二首，舒伯特把本來在它前面的〈虛謊的太陽〉——《冬之旅》廿四首詩裏面，最絕望、最誠實，也可以說最勇敢的一首：「完全黝黑活得更自由自在」，調到它的後面，插在它和最後一首〈搖琴的老人〉之間。這個小小的更動對明白全組詩的主題有很大的影響，在本章的後面，和本書下一章將有詳細的論述。

《冬之旅》的主人翁的最後結局

在前面本書的引言已經提到過很多人在《冬之旅》裏面聽不到主角對人生體悟的攀升。他們聽到的只是主人翁越來越沉鬱、失望、悲觀，感到前路一團漆黑，喪失生活鬪志，結果自我與世隔絕，想早早結束他的生命，至終精神完全崩潰。主人翁走的不是一條向上攀升，而是一條陡斜的下坡路。下面且引述幾位學人的意見，以見一斑：

亞倫·柯德來爾（Alan Cottrell），在他的《威廉·慕勒組詩的文本和演繹》（*Wilhelm Müller's Lyrical Song-cycles Interpretations and Texts.* Chapel Hill: University of North Carolina Press, 1970, pp. 66–67.）：

> 流浪者（也就是《冬之旅》的主角）越來越把自己和世界疏離……。他渴望死亡，卻始終未能得到，這導致精神的死亡：與世相違，徹底絕望。心理上與世隔絕的危險：靈魂的僵冷凝固結果漸逐變成不移的事實，驅使流浪者想到一個精神上感不到任何溫暖，找不到任何意義的老年。[36]

保羅·魯賓遜（Paul Robinson）在他的《歌劇與理念：從莫札特到史特勞斯》（*Opera and Ideas: From Mozart to Strauss.* Ithaca: Cornell University Press, 1986, pp. 58–102.）認為《冬之旅》的主角不能擺脱這個失意世界的樊籠，是一個浪漫悲觀者，和失意哲學家的典型，結果是以精神崩潰、瘋癲結束他的生命。[37]

---

36 轉引自 Susan Youens, *Retracing a Winter's Journey: Schubert's Winterreisse.* Ithaca and London : Cornell University Press, 1991, p. 56 ft. 8.

37 同上。

李察・卡佩爾(Richard Capell)就更直接了。他說:

(和《美麗的磨坊女郎》的主角相較,)這個冬天的流浪者的遭遇更是慘痛,他深入體察所受的傷害,最終把自己逼瘋了。[38]

菲舍爾—迪斯考(Dietrich Fischer-Dieskau, 1925–2012),上世紀著名歌唱家,他演唱《冬之旅》的錄音很多樂界中人視為典範,認為舒伯特在《冬之旅》對主角的心境和自然景物描寫的深刻、震撼,同代的人無出其右。他說:「〈烏鴉〉裏面寫到烏鴉怎樣等候那個漸逐喪失理知的流浪者的死亡」,清楚認定詩中的主角是漸逐地喪失理知。[39]

然而,無論上述的看法如何普遍,在後加的十多首詩裏面,我找不到任何主角精神崩潰的證據。有人以為主角對烏鴉傾訴心事,把希望寄託風中的一片殘葉,還不是精神有問題?其實,寄情身外,和人以外的動植物,甚至無生命之物對話是中外文學常見的手法:李白《月下獨酌》把天上的月亮、地面的身影視為和他共醉共舞的朋友;[40]辛棄疾《戒酒杯使勿近》:「杯汝前來……與汝成言,勿留亟退,」《贈鷺鷥》:「溪邊白鷺,來吾告汝,溪裏魚兒堪數。主人憐汝汝憐魚,要物我欣然一處。」和酒杯、白鷺對話;難道太白、稼軒全都在說瘋話?如果這算是瘋話,差不多所有騷

---

38 Richard Capell, *Schubert's Songs*. London: Pan Books Ltd, 1973, p. 232.

39 Dietrich Fischer-Dieskau, *Schubert's Songs: A Biographical Study*. New York: Alfred A. Knopf, 1977, pp. 263–264.

40 李白《月下獨酌》:「花間一壺酒,獨酌無相親。舉杯邀明月,對影成三人。……我歌月徘徊,我舞影零亂。醒時同交歡,醉後各分散。永結無情遊,相期邈雲漢。」

人墨客，古往今來，無分中外，就都全是精神病患者了。

〈最後的希望〉描述流浪者把他的希望寄託在風中的一片殘葉。我們不曉得主角最後的希望是甚麼，是不是〈春夢〉裏面提到的熱情的擁抱、甜蜜的吻、美麗溫柔的姑娘：枯葉再綠，他的所愛再一次依偎他身？無論如何，他很明白殘葉又「怎耐得晚來風急？」他最後的希望也像落葉隨風而逝，他只能俯伏在葉落之處涕淚長流。這是為甚麼到〈過某村〉的時候他說：「既已覺醒又何必回頭依依眷戀。」他已經徹底了解此情不再，一去不復。〈最後的希望〉記述的是否只是一個，抑一切希望的殞落？人生可以有很多的希望。尼采（Friedrich Nietzsche, 1844–1900）摒棄所有希望，認為「事實上，希望是最可怕的邪惡，因為它延長人類的痛苦。」[41]《冬之旅》的主角，是否比尼采早半個世紀前便已經悟到這個道理？所以在〈最後的希望〉哀慟過後，到了〈虛謊的太陽〉，居然公開表示寧願活在一個沒有一絲亮光（希望），完全黝黑的世界，那更自由自在。這樣不尋求虛幻的安慰，勇敢的面對現實，並不是瘋子的行徑。

在一個絕望黝黑的世界，想到死是很自然的事。在〈白頭〉這首詩裏面，雖然「死亡」一詞未有出現，但第一節因為霜雪落在頭上，一望白頭，主角以為自己已經老去，因而欣喜若狂，盼望早日息勞的心願，便已經可以從中窺得。到了〈客舍〉，主人翁來到墓園

41 Friedrich Nietzsche, *Menschliches, Allzumenschliches*, Vol. I, Part 2, 71, "Die Hoffnung".

的門口，希望可以在那裏找到棲息之所，當他知道已經客滿，他的失望、無奈，更把他離世的願望赤裸裸地展露無遺。然而奇怪的是，雖然他這樣渴望死亡，他卻沒有像《美麗的磨坊女郎》的主角一樣自己結束自己的生命。當他疲憊不興，仍然要求烏鴉作他忠實良友，陪他走完人生最後的一段；當墓園也沒有容身之所，望着前面等待他去嘗去走的似海哀愁，漫漫長路，他只是對忠心伴他同行的手杖說：「那就上路吧，繼續上路吧！」自殺，從來未曾被視為一條出路。這也不是精神病患者的反應。

《冬之旅》的主角，一個存在主義的英雄

《續篇》所增添的詩並不是主人翁的心路歷程走下坡路，邁向精神崩潰的紀實。而是他把自己的失戀，被別人拒絕的經驗，昇華成人生種種不如意事的代表。反省當一個人的生命失去意義，感到自己是與全世界為忤，被時間遺棄的陌生人，應該怎樣面對、怎樣自處。他借物寄情，詩裏面提到絕望，提到死亡，都是因為主人翁對周遭的人和事理解得太清楚，反思問題的時候太清醒的反應。舒伯特的《冬之旅》，最叫人驚訝的是它所呈示主人翁最後的答案。

二十世紀法國存在主義作家加謬（Albert Camus, 1913–1960）在他的《西西弗斯的神話》（*Le Mythe de Sisyphe*）裏面，借用希臘的神話：西西弗斯被天神懲罰把圓石推上高山的尖頂，當他以為已經成功地把石置於山巔，圓石又骨碌，骨碌滾回山腳。他又得從頭再推，永遠徒勞無功，不能休止，以此比喻人生的「荒謬」（absurd）。面對這樣荒謬的人生，要尋求怎樣回應，加謬以為自殺是必須考慮的答案。《西西弗斯的神話》整本書劈頭第一句：「真正嚴肅的哲學問題只有一個，那就是自殺。回答究竟生命是否值得繼續活下去，就是回答哲學最基本的問題。」經過差不多一百頁的旁徵博引，從不同角度深入的討論，加謬在全書的最後說：「我把西西弗斯留在山腳！⋯⋯他的結論是一切都很好。⋯⋯向上，向高處奮鬭、掙扎這個過程，已經足以滿足人心。我們必須想像西西弗斯是快樂的。」加謬和《冬之旅》的主角同樣拒絕自殺；不只是拒絕自殺，還認為「沒有休息地尋找休息」[42]就已經足以滿足人心，這樣的人我們必須認定是快樂的。《冬之旅》的主角在《續篇》已經不再是尋求「答案」，他已經明白人生的意義不在答案，而在「過程」。他是不是快樂？那看我們怎樣了解〈搖琴的老人〉一詩，也是全組詩的結句：「用你的琴音伴我的詠歎，一同越過這冰天雪地？」[43]

舒伯特改變慕勒原來的安排，把〈勇氣〉和〈虛謊的太陽〉的位置互易。〈勇氣〉在慕勒的排序是倒數第二首，舒伯特把本來在它前面的〈虛謊的太陽〉——《冬之旅》廿四首詩裏面，最絕望、最誠實，也可以說最勇敢的一首：主人翁公開宣稱「完全黝黑活得更自由自在」，調到倒數第二，在最後一首〈搖琴的老人〉之前的位置。這兩首詩更換位置後，勇氣指的再不是自當主宰，重新入世的勇氣，而是認識到要在完全黝黑的世界中活得自由自在的勇氣；而搖琴沒有人要聽，

42 #20〈路標〉。

43 這一點在本書後面討論這一首詩的時候將會有詳細論述。

身世沒有人想問，身邊討生活的盤子整天都空空蕩蕩，卻仍然一貫地怡然自得，繼續搖他的琴的老人，再不是主角重新入世後結交的同路人，而是他決定勇敢、誠實地在黝黑世界中活得自由自在的楷模。《冬之旅》的主人翁就像快樂地滾石上山巔的西西弗斯。一個存在主義的英雄，活生生地出現在我們的面前。

假使舒伯特一早便發現慕勒的廿四首版本，他可能不敢，也不會，隨意大量更改這個雖然從未謀面，但卻是他所喜歡、作品[44]最能攪動他靈感之泉的作者本來所擬定的排序。但一個「意外」給舒伯特一個機會，讓他改動原作者的排序，呈示了對這套組詩另一種的妙悟，我們後來的讀者、聽眾對這個意外應該是感謝無盡的。

44 舒伯特雖然很晚才發現慕勒的詩作，但他兩人心有靈犀，舒伯特為慕勒詩譜成的歌曲共四十五首。《美麗的磨坊女郎》二十首，《冬之旅》廿四首，另外《岩石上的牧羊人》（*Der Hirt auf dem Felsen*）一首，都是膾炙人口。舒伯特一共寫了六百多首藝術歌曲（Lied），大為人知的約有百三、四十首，慕勒的詩幾佔了三分之一，可以說他的詩作最能引起舒伯特的共鳴，觸動他的創作靈感。

第二部
《冬之旅》的賞析

在前一章我說，舒伯特《冬之旅》的排序展示的是一個「存在主義」的人生態度，主人翁是個西西弗斯式的存在主義英雄。然而，存在主義的人生哲學在十九世紀下半葉方始出現，到了廿世紀中葉才大盛一時，一般認為歷史上第一位存在主義的思想家，丹麥人索倫·祈克果（Søren Kierkegaard, 1813–1855）在慕勒寫成《冬之旅》的時候，還只不過十一歲，說《冬之旅》的主題是存在主義的人生觀是不是有點穿鑿附會？

歷史上流行，重要的人生哲學都不會平地一聲雷突然出現，也不會是個別哲學家憑空想出來的獨特一己創見，大都是時代精神（Zeitgeist）的產品，個別哲學家只是對所處時代的精神有過人敏銳的觸覺，深切的體會，又能把當中的要素清楚傳達，叫一般人讀來有似曾相識，直探心窩深處的真切。所以「存在主義」尚未出現之先，其他的文學作品已經蘊涵，透露存在主義的思想完全不足為奇，更何況《冬之旅》的完篇和祈克果的盛年相差只不過十多二十年。在本書這一部分，我希望透過為《冬之旅》每首詩歌所寫的短篇隨筆，讓讀者看到給舒伯特《冬之旅》一個存在主義的闡釋，把主角的旅程視為一個存在主義的省悟是言之成理，持之有故的，起碼是一個合理的解讀。

我把《冬之旅》全部二十四首詩歌的中譯，放在全書最開始，是希望讓不太熟悉《冬之旅》的讀者，可以把全組詩一氣呵成先讀一遍，對內容有個梗概的印象，才再讀廿四篇分首隨筆，這樣更容易明白隨筆的內容。我的譯詩只是意譯，為了讀者檢閱方便，我保持了原詩的節數和行數。因為中歐行文習慣的不同，文句上下次序有時需要調動，文意才可以順暢，因此譯詩每句的意思未必能夠和原詩同行相互對應，但每節的意思還是和原詩的同一節大體對應的。嚴復認為翻譯必須：信，達，雅。這裏的譯文主要是為了和讀者討論詩歌內容意義，所以信和達是首要。譯文雖然不是字字準確，有些地方（非常少數）我還大膽加上了原文沒有明確表達的意思，但相信應該沒有歪曲，或乖離原詩的大意。就意義而言，信和達我相信譯詩大致是做到了的。《冬之旅》是文學作品，在照顧信和達的同時，我還力求譯文能夠雅，讀來似詩，這方面，才力未逮，應該尚有很多可改善之處。

1 Gute Nacht 晚安

第 ii 頁

很多人以為《冬之旅》寫的是一個失戀的人，在冰天雪地的冬天，離開傷心地，四處遊蕩的所見、所感。這只是《冬之旅》的表層意義。慕勒比《冬之旅》早幾年寫成的《美麗的磨坊女郎》（*Die Schöne Müllerin*）才是寫一個失戀者經驗的組詩。在《美麗的磨坊女郎》裏面，我們認識男主角，隨他來到磨坊，知道他和磨坊主人女兒戀愛的故事，曉得他被穿綠衣的獵人橫刀奪愛，最後投河自盡，我們哀傷地和溪流一起唱他的安眠曲，把他送到永遠安息的海洋。可是在《冬之旅》，我們從詩裏面只是知道主人翁的感受，對他的身世、所愛的是誰、為甚麼失戀，都一無所知。正正因為內容沒有特別的人和事，這組詩把我們帶到一個抽離了時空的世界，讓我們體悟，以失戀為象徵，種種人生的不如意，進一步思考怎樣面對這個無奈，加謬所謂「荒謬」的人生。

"Fremd" 是《冬之旅》第一首詩〈晚安〉的第一個字，也就是全組詩的第一個字。慕勒選擇這個字開始整套《冬之旅》，因為這個字的確提綱挈領地讓讀者知道全組詩的重要主題。"Fremd" 一般英譯是 "strange"，中譯「陌生」，然而這裏「陌生」並不是「不是本土的」、「外來的」、「不熟悉」的意思，而是另有深意。1957 年諾貝爾文學獎得獎人，法國存在主義哲學家加謬（Albert Camus, 1913–1960）的著名小說 *L'Étranger*，中譯《異鄉人》，書名的德譯，用的就是這個字：Der Fremde。然而，《異鄉人》裏面的主角莫梭（Meursault）並非「獨在異鄉為異客」的外來人，為甚麼稱他為

L'Étranger、Der Fremde、「異鄉人」呢？因為整個世界對他而言都是陌生的，都是「外地」，都是「異鄉」；他是這個世界，這個社會的外來客、陌生人。我國晉宋間的詩人陶淵明（365–427）說：他自己「少無適俗韻」（《歸園田居．其一》）；「性剛才拙，與物多忤」（《與子儼等疏》）；「世與我而相違，復駕言兮焉求」（《歸去來兮辭》）。這種與物多忤、與世相違就是《異鄉人》主角莫梭最佳的寫照，他和陶淵明在他們所處的社會裏面都是異鄉人：Der Fremde。《冬之旅》寫的就是天下間這種不能適俗的陌生人的故事。

《冬之旅》的主人翁，雖然同是這個世界的異鄉人，但比諸陶淵明他更是個悲劇人物。陶淵明在這個世界上還有個可以歸去來的地方，而《冬之旅》的主角，卻是「沒有休息地尋找休息。」（#20〈路標〉）每一次以為找到了，結果都是空幻，不能不悲涼地說：「上路吧，繼續上路吧！/親愛的，忠心伴我同行的拐杖！」（#21〈客舍〉）除此之外，陶淵明是載欣載奔地跑離與他相違的世界，《歸去來兮辭》是中國文學史上最衷心快樂的一篇文章。我們在《冬之旅》裏面找不到這樣的欣喜。陶淵明是他自己與物多忤，是他自己把身處的社會視作樊籠，是他自解印綬，自免去職的。而《冬之旅》的主人翁卻是失戀，是這個世界不要他、拒絕他，他不願像頭喪家之犬，在舊主人門前徘徊哀號，而悽愴上路的，他對這個排斥他的世界，依然是一往情深。

〈晚安〉有以為是充滿被離棄者的憤怒的一首詩。主人翁在裏面說的「晚安」，是咬着牙齦說的反話：「我孤孤單單在苦寒之夜離開了。你好好安睡啦！」。「晚安」

一詞第一次出現是在詩的第三節：「愛情喜歡來來往往／飄忽人間，穿梭遊蕩，／上蒼安排，天意難改。／……晚安吧，至愛。」「晚安吧，至愛」原文是 "Fein Liebchen, gute Nacht"，在 "Liebchen"「親愛的」、「愛人」的前面，詩人用了 "fein" 這個形容詞。"Fein" 有「精緻」、「纖秀」的意思，出自像狗一樣，快要被人「掃地出門」的主角之口，實在是個充滿哀怨的諷刺。憤懣、自憐，這是否真是詩人在〈晚安〉所要表達主人翁的感情？不管詩人原意怎樣，舒伯特音樂所描寫的卻不是如此，起碼在「晚安」第二次出現：「在大門上／為你寫下：晚安／讓你知道我對你／永遠無盡的思念」的時候，所配上的音樂是甜美、輕柔，充滿無限的溫婉、無限的愛。

備受大西洋兩岸樂評人推許，加拿大男中音芬里（Gerald Finley）2014年的錄音，對上面的問題提供了另一個答案。詩內兩次出現的「晚安」，他有不同的唱法。第一次「晚安吧，……至愛」"Fein Liebchen, gute Nacht"，他唱的時候，"gute" 字唱得稍重一點，粗暴一點，明顯地給人一個在賭氣、說反話的印象。可是到了後來「在大門上／為你寫下：晚安」一句，卻是溫柔在誦，情意綿綿。

比慕勒稍晚，在文學史上比他更出名的德國詩人毛勵奇（Eduard Mörike, 1804–1875）寫過一首《風之頌》（*Lied vom Winde*），其中幾句：

愛情像風一樣
快捷，活潑
從不休息
永不消失
然而卻非不變恒常。

這幾句和〈晚安〉裏面：「愛情喜歡⋯⋯穿梭遊蕩」同一樣的意思。在浪漫時期的歐洲，很多人接受用情不專是「上蒼安排，天意難改」的。芬里的演繹表示《冬之旅》的主角對愛情人間穿梭遊蕩，難能專一，這個當時一般人見怪不怪，接受為天意難改的現象，不能接受，憤慨萬千，他自己便不是這樣的人。然而，假如愛情不能專一真的是難改的天意，也就只好不得已，賭氣地向他的所愛說「晚安」，是晦氣話了[45]。他的賭氣是賭「天意」的氣，賭接受「愛情⋯⋯飄忽人間，穿梭遊蕩」的社會的氣，並不是惱恨他的所愛。他離開時在大門上寫下的「晚安」，那便再不是賭氣的反話，而是發自心底的誠摯，充滿不捨的愛，對他所愛無盡無窮的思念。我最初幾次聽芬里的錄音都沒有留意到他這樣的演繹。後來再聽的時候，忽然發現，真是欣然忘食。趕忙把它和幾個《冬之旅》的名家錄音：菲舍爾—迪斯考（Fischer-Dieskau）、皮爾斯（Pears）、皮利（Prey），巴爾（Bär）、施萊埃爾（Schreier）、海年恩（Hynninen）、甘尼（Goerne）、柯夫曼（Kaufmann），女中音法斯賓德（Fassbaender）⋯⋯等等比較，沒有一個是像他這樣演繹的。然而，他的演繹卻是如此恰當、合理，發前人所未發，只此一點，已經足以令他的錄音躋身有史以來四百多個的《冬之旅》錄音中，最佳的十款、八款之列了。

45 我譯詩裏面，第一個「晚安」在後面加了個「吧」字，就是希望傳遞主角這種賭氣。

雖然失戀，《冬之旅》的主角仍然深愛他的愛人，海枯石爛，銘刻心中。所以他離開是這樣地依依，情深款款。在這組抽離了時空的詩歌，主角不只是一個失戀者，還代表了所有失意，不為社會接受，不被他人欣賞，世與他相違，物與他為忤的人。然而，他卻忘不了這個世界，仍然關懷旁邊的人，關心周圍的事，不能忘情所處的社會，他只好對排拒他的這個世界輕輕地說：「晚安，我對你的關愛無盡無窮。」

2 Die Wetterfahne 風向標

第 iv 頁

今日大部分的中國人大概都未曾見過風向標。歐洲的房子，尤其是二次世界大戰以前建成的，很多房頂都置有風向標。顧名思義，它的功用是指示風向，但一般而言都只是用來作裝飾的。風向標大都是作公雞的形狀，所以又稱之為「風信雞」，但也有作其他事物：船、鑰匙，甚至簡簡單單一枝箭的形狀的。風來的時候，風向標被吹動，它的指向便呈示了風的方向。但如果吹強勁的無定向風，風向標便會像這首詩所描述的：團團轉了。

人面對失意的時候，一般的反應往往是找個藉口，委過他人，把心裏面種種不愉快都外洩到「代罪羔羊」的身上。很少能夠馬上「不怨⋯⋯，反求諸己」（《孟子 · 公孫丑上》）的。能夠把失意的經驗提升到另一個層面，體悟人生更深的道理，那更是少人能夠做到了。《冬之旅》，尤其是配上了舒伯特音樂的演繹，難能地把個人失戀的經驗昇華到更高的境界，擾人心緒，攪人魂魄，讓人「偶開天眼覷紅塵」，那是它之所以不朽的原因。

〈風向標〉是《冬之旅》裏面唯一代表了一般對人生失意的反應，是廿四首裏面最粗暴、充滿怨憤的一首，和〈晚安〉結束前，在門上為所愛寫下「晚安」時的溫婉平靜、纏綿悱惻是兩個完全不同的境界。

在極端失落，哀慟茫然，百感交雜中，主人翁看到他舊愛住所房頂的風向標被風吹得團團轉、呼呼響，認定這是對他的揶揄嘲弄，譏笑他的癡情妄想。這裏譯為「揶揄嘲弄」在原文是 “auspfeifen”：“Sie pfiff’ den armen Flüchtling aus"。"Pfiff' "的發音有似吐唾沫的聲音，這更加叫人感受到這些揶揄裏面的鄙夷和不屑。然而，主人翁未敢面對這些輕藐、嘲笑，像一般人一樣要找尋「代罪羔羊」，他把眾人揶揄的對象和自己分別出來，稱他為：「可憐的流浪者」。在第二節，他還站在揶揄者的一邊，嘲笑這個可憐的流浪者——房頂隨風亂轉的風向標就象徵着房裏面的人用情不專，連這麼清楚的警告都視而不見，還要在裏面找尋金石堅貞，真是咎由自取、愚不可及。主人翁這種不自覺的「自我分裂」，卸減被鄙視嘲弄的難過，並沒能維持得很久。到了第三節，這個「可憐的流浪者」沒有人管的哀痛又變回「我」的哀痛（meinen Schmerzen），主人翁和可憐流浪者又復合，重歸於一，一同找到了另一個洩憤的對象：為了金錢，拆散他和他們女兒的愛情，讓女兒嫁作富人婦的父母、親戚。

跟《美麗的磨坊女郎》不一樣，《冬之旅》的主人翁從未曾一次「責備」過他的戀人；在廿四首詩裏面，也未有一首「清楚」地告訴讀者他的所愛是主動地移情別戀。就是〈風向標〉這首最不含蓄，狂怒的控訴，成為富有的新娘，只是別人的女兒，矛頭是指向他戀人的父母。我把「責備」、「清楚」放在引號裏面，因為這個看法並不是所有人都同意，持不同意見的會指出，在《冬之旅》廿四詩裏面有很多地方主人翁是表示他的戀人用情不專的。我不是認為他們的看法錯誤，只是認為主人翁是故意不「清楚」道出，並不是他愚蠢得看不見，也不是鴕鳥政策，罔顧事實，而是他心底深處對他戀人的真愛，令他不忍讓她背負移情的惡名，更遑論親口「責備」了。

從舒伯特的〈風向標〉手稿看來，他為這首詩花了很多的工夫，不少地方他改了又改也不知多少次。歌曲的開始是五小節左右手齊奏，左手比右手所奏的低一個音階，單音，沒有和弦，上升、下降如波浪式起伏的同一鋼琴樂句。這個音樂引子維肖維妙地描寫一股把風向標吹得亂轉的勁風。這些似風的樂句是全曲的基本伴奏，描述的不只是外面的風，也是心內攪得人團團轉的「風」。到了第三節，唱到有風攪得人心亂轉的時候，伴奏是和第一節，第一句：「房頂的風向標⋯⋯團團轉，呼呼響」同一樣的音樂，只是降低了一個音階，並加上了：輕柔（leise）的特別指引，表示這些風是「深深」在人的心底，「默默」地運作，不像在房頂的風那樣明顯、瀏亮 。結束全曲的音樂尾奏用的是跟引子同一樣的音樂，主人翁的心情雖然像打翻了的醬缸，百般滋味在心頭，風還是漠不關心地繼續吹⋯⋯。全曲結束的休止符上面，舒伯特加了一個延音號（*fermata*）：𝄐。延音號的意思是讓演奏者隨意延長延音號下面音符，或休止符原來指示的長度，比如半拍可以延長至3/4或一拍；兩拍延至三拍、四拍。奇怪的是舒伯特把這個延音號放在全曲結束的休止符的上面，樂曲已經終結，又何需延長，怎樣延長？在〈風向標〉以後的二十二首歌曲裏面，我們再聽不到主人翁粗暴、怨憤的控訴，聽到的只是他怎樣慢慢把這些經驗昇華到更高的層面。舒伯特曲終的延長號就是讓聽眾自由選擇要滯留在失意怨憤多長的時間，甚麼時候才願意超越向前，學習人生更深的功課。

3 Gefrorne Tränen 凝結的淚

第 vi 頁

我是上大學前一年第一次聽到《冬之旅》的，當時我對西洋古典音樂認識甚淺，可是很奇怪，《冬之旅》卻只一聽便愛上了。我寫信給我在北美升學的一位老朋友告訴他我的發現。他回信說：「實在湊巧，我上學期修的文學概論，老師也有提及威廉・慕勒的《冬之旅》，但卻是以之為反面教材：過分傷感主義（extreme sentimentalism）的代表。」傷感主義簡單而言就是為了賺取讀者的同情、喜愛，故意誇張作品裏面的感情。十八、十九世紀的歐洲，傷感主義曾經是一時風尚。《冬之旅》是否屬於傷感主義文學一類，有不同的看法，在本書後面比較合適的地方再和各位詳細討論。傷感自然離不開眼淚，眼淚在傷感主義的文學作品裏面並不代表懦弱，而是心底深處真情的「流」露，往往更是主角相互交心，淨化靈魂的清潔液。可是《冬之旅》廿四首詩裏面，提到「眼淚」，甚至和眼淚有關的哭、泣，曾不多見，合共只有四首：在這裏討論的 #3〈凝結的淚〉、#4〈僵固〉、#6〈水流〉，和 #16〈最後的希望〉（「眼淚」一詞雖然在這首詩裏面沒有出現，但結束的時候，主角在樹葉殞落的地方失聲痛哭，想當然是有眼淚的）。如果《冬之旅》是過分傷感主義文學的代表，大概應該多一點提到哭泣和眼淚吧。

〈凝結的淚〉是《冬之旅》廿四首詩中較多人非議的一首。主人翁湧流出來的淚珠，在寒風中，在面頰上轉瞬間就結成冰粒？內心澎湃洶湧的激情足以化掉大地的冰雪？這是不是不合理地過分誇張，賺人眼淚？倘使我們未曾遵從舒伯特放在〈風向標〉最後休止符上的延音號的提示，給予自己充裕的時間，撇下主角對他人粗暴的指控，對自己過分的自憐，如果〈凝結的淚〉還是寫在主角在〈風向標〉時的心態，那麼〈凝結的淚〉的確是過分傷感，博取讀者的廉價同情。然而，〈凝結的淚〉所呈示主人翁的心境，卻是和前一首迥異其趣，向前邁進了一大步。

舒伯特的音樂很清楚地表明這首詩和上一首〈風向標〉是兩個很不同的世界。我們甚至不需要聽，如果有樂譜，只要翻開一看，便可以「看」得見這個分別。〈風向標〉描寫波浪似的風的伴奏音樂，從樂譜上看去起伏凌亂，表現出主人翁激動的心情。〈凝結的淚〉的伴奏音樂卻是以古典弦樂四重奏為模式，大都只是分成四部，完全沒有繁複的和弦，整齊簡單，代表主角的心情已經沒有以前的衝動，恢復理性，把他個人的經驗，昇華到另一層面。

如果把這首詩抽離《冬之旅》獨立來讀，裏面沒有提到失戀，沒有控訴、埋怨，沒有人會知道主角原來是個失戀的人，固然，他在流淚，一定是失意，有過悲痛的經驗。主角在這裏把這個痛苦的經驗提升到超個人層面，而他鼓勵的反應是意想不到的。

詩的第二節，主人翁責備他的眼淚：「眼淚啊，我的眼淚啊！／你何竟這樣溫和，／恍如晨間朝露，／瞬間便結成冰顆？」流淚代表了外在的行為，對失意打擊的反應。主角在這裏是責備他自己外在的行為，自己的反應：是如此的溫和，如此的懦弱，未曾離開臉頰，在寒風底下便已經被降服，結成冰顆，和心裏面熾熱的激情毫不相稱。和心裏的激情相應的行動應該是可以融化整個隆冬積下來的冰雪。

人生的失意給我們生命帶來很大的衝擊，引生很強的反動力，然而我們實在的反應卻往往只是如晨間朝露般的溫和，軟弱、怯懦，和心內所激起的巨大能量毫不相稱。「化悲憤為力量」是太耳熟能詳慣聽的説話，但卻是千真萬確、説易行難的至理名言。如果我們不把對世界的不滿、人生失意時的憤慨，所激起的動力，只作沒有建設性的反應：謾罵、破壞、憤世嫉俗、自暴自棄，而是把它轉化為正能量，跳出自憐，為周遭失意人做一點事，世界是否會變得更好？人是否會活得更快樂？歷史積下來的人間冰雪是否會漸逐消融！？這番對眼淚的質問，出自只一首詩之前，還在高喊：「我的悲哀傷痛有誰會管？他們的女兒已經是個富有的新娘」主角之口，實在是意想不到的大躍進。

究竟主角有沒有接受自我的責備、規勸，用他的熱淚化掉冬季的八方冰雪？不少論者以為沒有。他們指出舒伯特把我們帶回開始的音樂引子，作全曲的結束，似乎暗示主角經過一番慷慨激昂，最後一切還是一仍舊貫。我並不同意這個悲觀的看法。〈凝結的淚〉是《冬之旅》裏面最積極的一首詩，詩內的態度雖然在接下來的廿一首裏面再未曾一見，可是經過自我的質問，前面〈風向標〉那樣負面的反應，也同樣未再出現。在接下來的詩歌裏面，我們看到的是主人翁在這兩種態度之間「荷戟徬徨」。這種「徬徨」是人生的真實，人的進步，往往是先經過一番徬徨，這是我們都能認同、了解的。《冬之旅》寫出這些所有人皆似曾相識的經驗，就是它所以感人肺腑、攪人懷抱的理由。

4 Erstarrung 僵固

第 viii 頁

就演唱的時間而言，〈僵固〉並不是《冬之旅》裏面最長的一首，然而，紙面上卻是最長的，共109小節。全曲的鋼琴音樂，不是右手，便是左手，奏的都是三連音（triplet）。開始七小節鋼琴音樂引子像是描寫一個人無方向地團團轉，亂闖亂撞，雙手不停摸索尋覓。到了唱者開始唱，鋼琴的伴奏音樂仍然維持這個不斷尋索的印象。以研究舒伯特歌曲著名的鋼琴家葛蘭姆·莊遜[46]（Graham Johnson）說：「這首歌（的伴奏音樂）全是三連音（大部分在右手奏出）的天下。當右手在琴鍵上『蟹行』（crab-like）的時候，左手在低音部分奏出和唱者熱情的對話。」[47]「蟹行」這個形容詞可圈可點，不只音樂聽來像摸索，就是彈奏時的動作也似在摸索。〈僵固〉一曲篇幅這樣長，主要是舒伯特把歌詞，音樂重複，每節起碼重複一次，某些特別的詞句還不止一次。這樣的反覆重奏，也是給人一個四處亂轉，周圍尋索的印象。「摸索」、「尋覓」就是這首歌曲的主題，這似乎和歌曲的題名〈僵固〉不調協。莊遜說：「這首歌的題名或者有點兒誤導，歌曲一開始，就是描寫對感情僵固的拒抗。就像一個人發現自己的手腳有點兒麻痺，害怕這是甚麼嚴重、永久的病徵，拼命揮手頓足，希望可以快快恢復正常。鋼琴家也會經常遇到這種情況，發生的時候，他們便趕忙伸

46 他2014年出版的三冊《法蘭茲·舒伯特：歌曲全集》（*Franz Schubert: The Complete Songs*）音樂界視為對舒伯特歌曲最詳盡的紹介。

47 Hyperion 出版舒伯特歌曲全集錄音，第30輯內容介紹的小冊子，頁22。翻譯是我自己。

延指臂，舒展筋絡，加速血液循環，其實他們也可以彈彈〈僵固〉的伴奏音樂，這同樣可以達到血液循環指臂的效果。」[48]

〈僵固〉裏面主人翁四周摸索，究竟是在尋找甚麼呢？在詩的第四節寫得很清楚，他要找尋的是可以幫助他緊握回憶，永念所愛的一鱗半爪，不管甚麼都可以。開始的時候他要尋找的是他們兩個攜手同行的足印，可是千里冰封，就是留下足印都已經被積雪埋沒了。所以第二節他要俯吻大地，希望以熱淚融化冰雪，讓他可以找到留在泥土上的任何痕跡。舒伯特還把第二節「見到大地」(die Erde seh') 幾個字特意重複一次，顯示主人翁尋找的逼切、焦急，似乎把行動目的多說幾次，反覆申明便可以幫助它的成功。他究竟有沒有成功，有沒有見到大地，詩裏面沒有明說，但從第三節主角又轉移尋找的目的物，很清楚他在第二節的搜索也是徒勞無功的。

在第三節，主人翁不再尋找他和舊愛一起的紀念品了。他只是找尋可以幫助他回憶往昔，未失戀前，正常日子的一草一木。可是所有花草都已凋殘萎謝。到了第四節，他不得不放棄這個徒勞的尋索，向天悲嗥：「難道在這個世界，/沒有遺下半爪一鱗/幫助我憂傷過後，/永不忘記伊人？」然而，就在歌者唱出這樣腸斷的哀鳴，舒伯特仍然維持連串「蟹行」三連音的伴奏音樂。理性上，主人翁雖然知道搜索是徒然的，但他卻不接受理性的決定，仍然未肯放棄這勞而無功的尋覓。

---

48 Graham Johnson, *Notes for Winterreise*. Hyperion CDJ 33030, p. 22.

這還不是主人翁最大的矛盾。自從他對所愛說「晚安」以後，他的生命完全改變，在他僵固的心裏面，整個存留的世界，包括他所愛的聲音容貌，都凝固在失戀被棄的一刹那。他在這首詩裏面這樣焦急地、逼切地，搜索幫助他握緊回憶的紀念品，就是因為他擔心一旦他的心解凍，凝固在他心內他對所愛的印象便將永逝不回。他寧願自己的心永不解凍，永遠麻木僵冷像堆死灰，如果這是唯一方法可以讓他保留這些回憶的話。然而凝固在他心裏面的這些回憶，並不是美麗的、甘甜的，而是冰死的、苦澀的，但他依然樂意保留。失戀的人按理應該渴望把一切的不愉快早早置諸腦後；努力擺脱過去失意的纏繞，走出自怨自艾的窘境，為自己劈開一條新出路，哪有像《冬之旅》的主角一樣，千方百計要緊握這痛苦的過去，不要讓它消失？不過這只是按「理」該當如此。法國哲人帕斯卡（Blaise Pascal, 1623–1662）説：「人心有它自己的理性，並非理性所能明白的。」人心內理性所不能明白的理性，往往就是生命最大的動力，幫助我們面對人生的無奈，為生命寫出最搖蕩性情的詩篇。〈僵固〉的音樂，就是心和理的矛盾，動人的描寫。

5 Der Lindenbaum 連頓樹

第 x 頁

"Der Lindenbaum" 是《冬之旅》裏面最受歡迎的一首歌。其實它不只是《冬之旅》裏面，而是所有舒伯特寫的六百多首藝術歌曲（Lied）裏面，甚至所有德國藝術歌曲裏面，不管作者是誰，最多人認識、喜歡的一首歌。這首歌是以樹名 Linde（Baum 在德文就只是樹的意思）為題，我在這裏把它音譯為〈連頓樹〉[49]。

連頓樹根據百科全書屬椴樹科（Tilia），英文俗稱為 lime tree，雖然它結的果子並不是青檸（lime）。比較正確的譯名應該是「椴樹」、「檸樹」或「野檸樹」。但譯為「椴樹」太正式，學術味過重，好像給植物學報寫的文章；譯成「檸樹」、「野檸樹」又似乎不夠浪漫，缺乏詩意。不曉得是甚麼原因，不少中譯把它譯為「菩提樹」，我卻期期然以為不可。菩提樹是印度的一種無花果樹，和連頓樹不同科，以它為連頓樹的中譯，不準確。不過，這並不是我反對這個譯法的主要理由，把 Lindenbaum 翻成「菩提樹」給中文讀者傳遞了一個非常錯誤的信息。「菩提」是梵文 "Bodhi" 的音譯，有覺悟、智慧的意思，是佛教裏面極高的境界。佛祖釋迦牟尼就是在菩提樹下圓寂

---

49 其實樹名是 Linde，沒有 "n" 應該譯為連德。但這裏 "Lindenbaum" 是一個字，而且「連頓」比較悅耳。

的。菩提樹帶給中國人的印象是神聖、智慧、徹悟的意思，是宗教層面的，和連頓樹帶給德國人的印象完全不同。

連頓樹可以說是「最德國」的樹木。它盛產德國，幾乎無處不在，每一個村鎮都有，就像這首詩開始描寫的，大都生長在水井旁、城門口、村鎮中心，人多聚集的地方；或者在淺水清溪畔、通幽曲徑邊，情侶約會之所。在德國的文學，特別是詩歌裏面，它代表了家鄉的溫暖、親切、安樂，也代表了愛情的浪漫、熾熱、纏綿。德國詩歌裏面如果提到連頓樹，在它的下面，離它不遠，便都會找到山盟海誓、熱戀中的男女。在早至十三世紀的德國民謠結集，我們便找到有關連頓樹的詩篇了：

原野一株連頓樹下，
是我們的卧榻，
四周的碎葉殘花，
就是見證。
林畔夜鶯甜美的情歌，
在谷底裊裊不絕。[50]

《少年人的魔法號角》(*Des Knaben Wunderhorn*)十九世紀初(1805–1808)出版，蒐集了五百多首德國歷代的兒歌、民謠，為後來作曲家提供了不少歌曲的素材，裏面便有很多提到連頓樹的歌謠，無不和愛情有關。名作曲家馬勒(Gustav Mahler, 1860–1911)的作品，今日風靡全球，有兩個膾炙人口的作品裏面各包括一

50 "Under der linden an der heide" by Walther von der Vogelweide (ca. 1170–1220) 轉載於 Susan Youens, *Retracing a Winter's Journey: Schubert's Winterreisse*, pp. 153–154.

首對連頓樹美麗描寫的詩章，其一是盧卻特（Friedrich Rückert, 1788–1866）寫的短詩：*"Ich atmet' einen linden Duft"*（我吸進連頓的馨香）：[51]

我吸進溫柔的香氣
來自屋子裏面的連頓枝
是一雙美麗的手所攀折，
散發幽香醉人。
醉人的連頓幽香
美女親手採擷
我吸進溫柔的香氣
來自可愛的連頓枝。

另外一首是馬勒二十多歲時的少作《流浪者之歌》(*Lieder eines fahrenden Gesellen*)。（不過他五十歲以後把它修訂，並改為由樂隊伴奏）很多人認為是深受舒伯特《冬之旅》的影響，是馬勒樂隊伴奏的《冬之旅》。全曲共四首歌，除第一首外，其餘三首都是他自己作的詞。第四首〈那雙澄藍的眼睛〉（*Die zwei blauen Augen*）其中一段：

路旁一株連頓樹，
在這裏，我第一次睡得香甜。
在連頓樹下，
它的花像飄雪灑滿我身。
我再不曉得身在何處，

51 盧卻特年青的時候是慕勒的朋友，他比慕勒多活幾十年，在文學史上的地位比慕勒高。 馬勒很喜歡他的詩，為其中五首配上樂隊伴奏，雖然五首之間並沒有甚麼關係，但往往合在一起演出，稱為《盧卻特之歌》（*Rückert—Lieder*）。〈我吸進連頓的馨香〉便是其中一首。Lind 在德文裏面有溫柔的意思，盧卻特在這首詩裏面充份利用 "lind" 這個字的雙重「曖昧」意義。

一切又一次變得美好，

所有愛與憂，

真實與幻夢。

這兩首詩，特別是馬勒所作的一首，頗能代表德國人傳統上對連頓樹的感情。在中國的文化裏面，我找不到任何一種樹會帶給中國人像連頓樹所帶給德國人的印象和聯想，會激起像它在德國人心中所激起的感情。為了避免任何誤導，我把它音譯成不會引起中國讀者任何聯想的「連頓樹」。

〈連頓樹〉一曲雖然家傳戶曉，十分流行，其實一般人所認識的，雖然還是慕勒寫的歌詞，但音樂已經不是舒伯特的原作，而是改編過，比較簡易的版本。改編的是弗德列茲·司確爾（Friedrich Silcher, 1789–1860）。司確爾本身也是一位作曲家，致力推動合唱音樂，以蒐集、改編民歌知名當世。他改編的民歌不少直到今天，特別在德國，仍然是合唱團音樂會的熱門曲目。他改編舒伯特的〈連頓樹〉，全首用的都是原來第一、二節的旋律，重複又重複，只更改了其中不過一兩個音，令它更似民歌情調。就是到了第五節，刮面寒風吹掉了主人翁帽子一段，舒伯特的音樂轉成小調（minor），旋律也改變了，司確爾的改編仍然基本上維持同一旋律。

舒伯特歌曲的伴奏音樂是出名精彩的，稱之為「伴奏」音樂，是貶低了它的價值，並不對確。他的「伴奏」音樂，是全曲的有機部分，和唱的音樂，不分主從，同樣重要。比如他寫的〈紡車旁的格麗珍〉(*Gretchen am Spinnrade*)，詩出自歌德（Johann Wolfgang von Goethe,

1749–1832）的《浮士德》。純樸的少女格麗珍受到了得魔鬼協助的浮士德誘惑，在紡車旁，念念不忘浮士德，唱出她的心事：「我心緒不寧，心事重重，無法平靜，如果失去了他，我怎能活下去？……」鋼琴音樂奏出搖動紡織機的節奏，開始的時候是安靜平穩，可是隨着格麗珍感情的變化，紡車節奏雖然沒有變，但機聲不再平靜，時而亢奮激揚，時而抑鬱躊躇，清楚刻劃出她起伏不寧，難以專心紡織的情緒。她越唱越激動、興奮，直唱到全曲的高潮：「他（浮士德）的眼神，他的談吐。他的擁抱！他的親吻！！」琴聲戛然而止……就像她突然停了紡車，一手捧着發紅的臉，一手按着狂跳的心，沉溺在那叫她手足無措的回憶中。然後，琴聲再起，開始時紡車安靜平穩的旋律，斷斷續續的停了幾次，才慢慢繼續下去。就像她勉強地從夢中把自己抽回現實，再嘗試搖動她的紡織機。歌者唱出格麗珍的心事，鋼琴描繪出她的神態，人聲琴聲，相輔相成，缺一不可。

〈連頓樹〉的伴奏音樂也是同樣精彩，對不同場景刻劃入微，維肖維妙。伴奏音樂有三種對風不同的描寫。全曲的引子，和第二節到第三節之間的過場，那時少女還在談情説愛，母親擬婚論嫁，主人翁柔情萬縷，充滿希望，留連樹下，在樹身上刻下他的感受，那時天氣暖和，樹葉婆娑，在伴奏中我們聽到和風樹間溜過，滿樹綠葉瑟瑟作響；到了第三、第四節，寒冬已屆，吹的是冷風，樹上的葉子早已凋零墜落，在伴奏音樂的風聲裏面，我們再聽不到瑟瑟的樹葉，只聽到寒風在剩下的禿枝間吹過的呼嘯聲；第五節開始，吹來的是刮面寒風，伴奏音樂就像一股疾風，我們還可以聽到主人翁的帽子隨風而逝，越吹越遠。這些精彩匠心獨運的音樂，在司確爾的改編中都全被刪掉，換上的是簡單，只是為了支持唱者，替人聲的旋律添上和聲部分，是真真正正的「伴」奏音樂。[52]

司確爾的改編、簡化固然幫助了〈連頓樹〉的流傳，然而卻基本上改變了〈連頓樹〉的意義，要傳達的信息。改編之作把原創裏面比較負面的音樂，特別第四節主人翁在黑夜中悲愴上路的音樂，都改成正面的，強調連頓樹代表的溫馨、安舒。我們聽罷改編的〈連頓樹〉往往覺得主角最後還是，也應該會回到樹的下面，在那裏「放下他一切煩憂」安眠的。這是溫室裏面的音樂，並不是人生的真面貌。慕勒、舒伯特的〈連頓樹〉是把人生的正面負面、悲歡離合、窮通顯達，全都展示在我們的面前，讓我們選擇。如果我們只認識司確爾改編〈連頓樹〉的流行版本，必須留心一聽舒伯特的原作，才能明白〈連頓樹〉的精彩。

上面討論〈凝結的淚〉的時候的說過：「《冬之旅》是否屬於傷感主義文學一類，有不同的看法，在本書後面比較合適的地方再和各位詳細討論。」這裏就是合適的地方了。傷感主義的文學其中一個惹人詬病的地

52 讀者有興趣聽聽司確爾改編的〈連頓樹〉，我可以介紹到 YouTube 聽聽希臘女歌手霍斯庫莉（Nana Mouskouri, 1934– ）的演唱。穆斯庫莉在上世紀六十年代成名，八十年代紅透半邊天，她灌錄的唱片總銷數在三億以上，是歷史上最暢銷的女歌手。司確爾改編的〈連頓樹〉大概沒有幾個唱得比她更好的了。上世紀初演唱古典音樂著名的男高音陶伯爾（Richard Tauber, 1891–1948），在他 1930 年拍的電影《彩虹之末》（*Das lockende Ziel*）也有唱過其中的幾節，在 YouTube 裏面也可以聽到。有趣的是他演唱舒伯特原作，沒改編的〈連頓樹〉在 YouTube 也可以找到。讀者可以把兩者比對一下。舒伯特的原創，司確爾的改編，由同一歌手唱出，據我所知這是唯一的錄音。

方，就是它不肯面對生命的真實，沉溺在個人的感情之中，美化人生的歡樂光明，不敢正視其中的陰暗冷酷。到避無可避的時候，自殺往往是他們文學作品裏面的主人翁，甚至他們自己解脫的方法。[53]《冬之旅》是否屬於這一類呢？

只從〈連頓樹〉這首詩的文字看來，我們不曉得主人翁的取捨。雖然他沒有回頭拾回寒風吹掉的帽子，但至終他是否捱不過冰天雪地的遊浪，像馬勒《流浪者之歌：那雙澄藍的眼睛》裏面的主角再回到連頓樹下，放下他的煩惱，讓連頓樹的花像雪一樣灑滿他身，讓一切——愛與憂、真和夢，再一次變得美好呢？不過從舒伯特的音樂演繹看來，曲終的尾奏，琴音漸弱，慢慢消逝，主人翁越走，離開連頓樹的呼喚越遠，看來是不會回頭的。其實就是馬勒也深深曉得，回到連頓樹下的美好只是自欺、自毀，因為他為那首詩配上的是葬禮進行曲的音樂：把主角送到連頓樹下，沉溺在那一去不復過去安樂的回憶中死亡。舒伯特在《冬之旅》也有寫葬禮進行曲，是 #7〈河上〉，送走的是破碎的戀情，埋葬的是過去的回憶，因為這樣主人翁才可以再生面對將來。

如果我們不把〈連頓樹〉抽離《冬之旅》組詩，獨立看待，主人翁選擇勇敢面對生命的真實，擺脫過去的安樂，拋棄誘人的眩惑，對人生虛幻無常不堪回首一望，便更是清楚了：在 #17〈過某村〉他說：「幻夢如水月鏡花，眩惑迷人，/既已覺醒又何必回頭依依眷

53 歌德的名著《少年維特的煩惱》（*Die Leiden des jungen Werthers*）就是突出的例子了。另外舒伯特的好友，詩人梅浩發（Johann Mayrhofer, 1787–1836），舒伯特為他不少的詩作配上音樂，是自殺死的。

戀。」他寧願選擇一條沒有人走過的幽僻小徑，自尋怪石嶙峋，也要避開一般人愛走的通衢大道。（#20〈路標〉）就是走到精疲力竭，他也沒有像《美麗的磨坊女郎》的主角一樣自盡，只是對手杖說：「上路吧，繼續上路吧！/親愛的，忠心伴我同行的拐杖！」（#21〈客舍〉）真實雖然淒冷黑暗，但「完全黝黑活得更自由自在。」（#23〈虛謊的太陽〉）《冬之旅》絕對不是傷感主義的文學作品。

6 Wasserflut 水流

第 xii 頁

《冬之旅》#6〈水流〉的內容突出嚴冬的冰冷和主人翁激情熱淚的對比。熱淚灑在萬里冰封的大地，被積雪吸收，裏面蘊藏的千情萬緒都被凍結，抑制在層冰之內。他幻想到了春回大地，和風輕拂，他的眼淚被釋放，與四方八面融化了的冰雪匯合成流，越野穿林，跨城過市，來到他舊愛的門前，感情熾熱澎湃，不能自已。這和 #3〈凝結的淚〉意境相近，可是〈凝結的淚〉裏面的主人翁是希望用他的熱淚融化整個世界的八方冰雪，不只是懷念他的舊戀人，目的更高，眼光更闊，〈水流〉似乎是主角心路歷程的一個倒退。

音樂方面，〈水流〉的鋼琴伴奏音樂並不怎樣突出，沒有甚麼肖妙的場景描畫，也沒有啟示甚麼從文字難以看到的新意。就是前面〈凝結的淚〉比較簡單的鋼琴音樂，有時也會讓左手奏出獨立的低音旋律，而〈水流〉的鋼琴音樂，就只是支持唱的，是真真正正的「伴奏」。〈水流〉整首歌的結構也很簡單，鋼琴的引子和尾奏音樂除了在最後的幾個音少有變動，並沒有甚麼變化：引子結束時，音樂漸逐升高，帶出唱的音樂；尾奏卻是漸逐下降，終結全曲，中間唱出全詩四節，第三、四兩節的音樂只是重複第一、二節的，完全沒有任何更動。

無論從文字，抑音樂而言〈水流〉似乎是《冬之旅》裏面比較平凡的一首，且讓我們深入一點看看這首「平凡」的〈水流〉。

主人翁在《冬之旅》的 #2〈風向標〉和 #3〈凝結的淚〉前後所展示的心態有很大的不同：前面充滿自憐、

埋怨、憤懣，後者卻是願意「化悲憤為力量」，消融世界、社會上的冰雪。不過，第三首的積極態度，在後來的詩裏面再未曾一見。然而，和第二首一樣的負面反應也沒有再出現。在《冬之旅》接下來的廿一首詩歌裏面，我們看到的是主人翁在這兩種態度之間「荷戟徬徨」。詩人慕勒並沒有給予我們虛假的樂觀，主角這種徬徨是人生的真實。〈水流〉寫的不是本章第一段我們所懷疑的主角心路歷程的倒退，而是主人翁的徬徨，進一步，退兩步掙扎的寫真。我們應該予以同情，而不是對他輕視。

其實在〈水流〉裏面主人翁也有了改變。詩的內容，除了第一節所描述的是過去已經發生的，其餘三節都是未曾發生，只是主角的幻想、希望。他在冬季，失意的時刻，灑下了無數眼淚，希望將來能夠掙脫這個酷冷、僵死的感情牢獄，能夠再與移情別向的舊愛會面。這和他在 #4〈僵固〉一詩裏面的希望大大不同。在〈僵固〉他焦急地，逼切地追尋的是怎樣把回憶抱緊。他的生命已經終結在失戀的一刻，只有過去，沒有將來。他甚至不希望有將來，因為害怕在將來裏面他會失掉過去：「一朝解凍，(她的回憶)恐怕將永逝不回」，他寧願緊抱回憶，也不要解凍。在〈水流〉裏面，他再不擔心解凍，甚至開始想到，企盼解凍後的將來。可是他的將來仍然擺脫不了過去，他為將來所定的計劃是：眼淚與眾水匯集成流，穿林越野，跨城過市，奔流到「舊愛」的門前。

詩被譜上音樂成為一首藝術歌曲，它便包含了兩個人(詩人和作曲家)的思想、感情，和哲學。他們如果想法不一樣，加上音樂反而削減了詩作的興味，降低了它的境界，那便不是首優秀的藝術歌曲。要是兩人心有靈犀，有共同的想法，文字和音樂表達同一意境，那便好花綠葉，相互輝映。倘若音樂能夠讓聽者更深體會詩作的境界，進到只憑文字未能領略的意思，那便更令聽者悅耳賞心，讚歎不已了。舒伯特寫的藝術歌曲往往屬於最後一類，〈水流〉便是個很好的例子。

慕勒〈水流〉的文字只是告訴我們主角改變了願望。在前面的〈僵固〉他本來是要緊抱回憶，現在卻肯嘗試想想將來。然而，慕勒沒有告訴我們主角對他將來的第一個計劃，是怎樣的一個反應。舒伯特的音樂告訴了我們，慕勒所未曾告訴我們的。作曲的為詩詞配上音樂，往往重複詩裏面某些詞彙字句，有時是為了加深聽者的印象，不讓它被容易忘掉，有時又似回首感歎，徘徊難捨，叫人不勝郗吁。舒伯特在〈水流〉重複每一節最後的一句，每次給予不同的音樂。他這些重複，特別是第二、四節，是饒有深意的，不能掉以輕心，忽略過去。第二節結句：「層冰融解成泉」(Und der weiche Schnee zerrinnt.)，第四節，也是全詩結句：「這就是我舊愛的門前」(Da ist meiner Liebsten Haus!)第一次唱出的時候，音樂是平凡的，唱者好像只是指出客觀的事實：積雪消融；前面是我舊愛的房子。但馬上接下來的重複，音樂卻是向上高揚，最高的音去到 A，是整套《冬之旅》裏面要求唱者唱得最高的一個音。不只音樂上揚，而且音量加強，唱的就直像在嘶喊。在這嘶喊裏面我們聽到無措的慌張、莫名的憤怒。重複每節，特別是二、四兩節最後一句，音樂帶點慌張、憤怒，是舒伯特神來之筆，告訴我們主人翁心底的感受。

主人翁為甚麼慌張？他害怕甚麼？在 #4〈僵固〉裏面他焦急地、逼切地，搜索幫助他握緊回憶的紀念品，擔心一旦他的心解凍，凝固在他心內舊愛的印象便將永逝不回。到了第六首，他願意放開過去，大步邁前，但這個放開過去的將來是怎麼樣的呢？所以在第二節一想到層冰融解，主人翁便不期然無措地慌張起來了。

他原初的計劃，是要再面對，起碼一次，苦痛的過去，為甚麼？可以做些甚麼，其實他自己並沒有想清楚。到了第四節，他想像自己已經實實在在地來到舊愛的門前，那更是慌張了。是另一種慌張：要不要請她出來一見呢？她出來了又怎樣呢？要對她說些甚麼話？應該有些甚麼表現？這些在他匆匆的計劃裏面都未曾想過。現在已經到了她居所的門前，說甚麼呢？做甚麼呢？無措慌張之餘，同時不禁有點兒憤怒，生自己的氣，為自己的無措、慌張生氣。舒伯特重複詩二、四節最後一句的音樂，把主人翁患得患失、徬徨無措的心態，刻劃得活靈活現。本來似是平凡不過的一首詩，天才的舒伯特為它添上了一層新意，叫我們對主角有更深的認識、更深的同情，也就不再平凡了。

7 Auf dem Flusse 河上

第 xiv 頁

《冬之旅》#3〈凝結的淚〉、#4〈僵固〉、#6〈水流〉詩人慕勒都是以冷熱的對比來描寫主角的心態、感受：熱是他內心的激情，冷是周遭的環境、人情、際遇。到了 #7〈河上〉他換了另一種新鮮的對比：僵硬和活潑；沉寂與喧笑。

舒伯特為這首詩寫的音樂是喪禮進行曲的音樂，在最後一節，我們甚至可以聽到喪禮進行曲必定有的幾通鼓聲。主角在這裏把他過去那段戀情埋葬。開始的鋼琴引子把主角帶到了冰封的河面。望着那從此岸到彼岸都凝固了的河流，冬來之前，河水翻騰喧鬧，充滿歡樂的生氣，剎那間，沒有任河交代、解釋，便盡失滔滔，無聲無息，蕭索落寞。河面被厚厚層冰封蓋，就像掛上了一個拒人千里冷酷無情的面具。這個轉變既是主人翁處境的象徵，同時也代表了他的心態，惹起他很大的感慨。

他想到剛來的時候：好花爛熳，少女多情。就如他在下一首〈回顧〉裏面所說：「戶戶窗前好花滿枝，/雲雀夜鶯歌聲蕩漾。」可是曾幾何時，沒有解釋，不知原因，世界轉瞬變得一片冰涼，人人都變了臉，甚至房頂的烏鴉似乎也厭棄他，向他投擲冰塊，趕他上路。如果他還是維持前面五、六首詩的心態，反應不是憤懣地埋怨，便是悽愴地攬緊回憶不放，或者寄望於空幻的妄想。然而，在這首詩裏面，主角的反應和以前不同：他宣告過去戀情的死亡，為它舉行喪禮，把過去埋葬。在《冬之旅》第一部分餘下來的五首詩，甚至在第二部分增添的十二首詩裏面，再沒有顯示主角在這方面有甚麼的改變，應該是他終極的決定。

墓園裏面的墓碑都是一個格式，刻上埋葬墳墓裏面死者的名字，和他的生卒年日。主角用尖硬的石塊在厚厚的河冰之上刻上他所愛的名字，和兩個日期：第一次山盟海誓，和最後的黯然離開。那便是他為他們愛情的墓碑銘刻，承認戀情終結，他的所愛已經永遠不再會回頭。奇怪的是這首詩的音樂是以E小調開始的，舒伯特在這兩小節卻把音樂轉成E大調。在西洋音樂裏面，小調一般而言代表憂鬱、不如意；大調代表得意快樂，為愛情刻下墓碑銘文的音樂為甚麼竟然用大調？舒伯特是要告訴我們，主角經過一番掙扎，不再埋怨、憤慨；不再把自己困在回憶中，自憐、自怨；不再寄望於不切實際對將來的幻想，面對真實，埋葬了夢魘般的過去，是一種解脱、一種痊癒，勇敢的、正面的。整首詩的前前後後，就只這一個埋葬過去，最值得肯定，最值得以大調音樂描寫。

冰封的河流不只是主人翁當時處境的象徵，同時也是他心境的代表。他的心因為失意的打擊已是一片酷冷，了無生氣，就像外面世界一樣。然而，冰封河流的沉寂，僵硬只是表面。就是在嚴寒的隆冬，一般的河流很少會結冰到底的，雖然冰上可以行駛重以噸計的大貨車，冰下仍然是滔滔不絕的流水，育有百千魚鱉，充滿生機。主人翁體悟到這一點，可是他還未敢肯定，還未有自信埋葬過去以後，他還可以有個像從前一樣活潑的生命。在詩的結束，主人翁問自己兩個問題：冰封的河是不是我生命的真實寫照？在我裏面是否依然湧流着活潑、澎湃的活力？

在慕勒的詩裏面我們找不到主角的答案。舒伯特把這兩個問題連在一起重複了兩次。第一個問題：「在這河冰之上/有沒有看到你自己的真象？」(in diesem Bache/Erkennst du nun dein Bild?) 兩次出現都是輕聲唱出 (*p*，*ppp*)，第二個問題：「裏面是否洶湧澎湃，起伏難平？」第一次出現的時候，「洶湧澎湃，起伏難平？」(Wohl auch so reissend schwillt?) 一句重複了兩次。到問題第二次出現時，同一句更重複了三次，每一次都是強音 (*f*) 唱出，而且越唱越高。最後一次也是高達 A，整首《冬之旅》沒有更高的要求了，似乎聲嘶力竭地在鼓勵自己：「你看，河冰之下的水流是如何地洶湧澎湃，活潑向前！你呢？你呢？」雖然也是未有明確的答案，舒伯特希望主人翁怎樣回答，卻是再清楚不過的了。

在〈河上〉主角雖然把過去埋葬，然而，他受到的創傷是否也隨之而成為過去呢？主角是否能夠在這個「過去」的喪禮之後，得到新生？怎樣的一個新生呢？這一直要待到最後一首：〈搖琴的老人〉我們才可以得到答案。

8 Rückblick 回顧

第 xvi 頁

在前一首〈河上〉，主人翁用尖石在冰封的河面刻下了墓碑銘文，埋葬了他過去那段悲痛哀傷的經驗。像凍結的河流，他發現他的心並未僵死，裏面的深處還有生命，還有動力。在這一首，《冬之旅》的第八首，他準備在重新開始之前，對過去作最後一次的回顧。自此之後，從第九首開始直到結束，共十六首，他只在其中兩首再提到他的舊愛，(在之前的八首，五首都有提及)，而且不是他主動提起的：一次，第十一首，是來自夢境；另一次，第十三首，是郵車的號角惹來的，而且只是惹來他的心陣陣狂跳，並沒有任何行動、傷感。〈回顧〉的速度相當快，是開始八首裏面最快的一、兩首。雖然舒伯特在開始寫下指示：「不要太快」(nicht zu geschwind)，所有演唱這首歌曲的人都曉得這並不是叫他們要唱得慢，反過來是鼓勵他們要盡量唱得快，只是不要「太 (zu)」快，快得連咬字都不清楚而已。要求這樣快的速度就是表示這個回顧只是匆匆回頭一瞥，並不是依依不捨的留戀張望。

不少評者訕笑詩人慕勒行文不小心，前言不對後語。在〈晚安〉裏面，主角走的時候，還有時間、心情在所愛的門上寫下「晚安」兩個字，並非像這裏所描寫走得這樣匆忙倉卒；有指在經過連頓樹的時候，主角的帽子已經被刮面寒風吹走，又焉能成為烏鴉投擲冰塊的對象？這些固然是半開玩笑的吹求，但要為慕勒辯護也是容易的事。為甚麼離開前在所愛的門上寫下「晚安」便表示走得不匆忙？寫上「晚安」兩個字需要多少時間？烏鴉向他投擲冰塊，是在他經過連頓樹之前或後，詩人並沒有說明白。從〈晚安〉的描寫，他經過連頓樹的時候已經是深夜，應該在後，烏鴉向他帽子投擲冰塊在前，當時帽子還未被吹掉，哪裏有甚麼前後不符？

有論者認為詩裏面的回顧是從第三節才開始的，第一、二節的倉皇上路是當時發生的，到村鎮景物在身後消逝，主角心神稍定，然後回顧開始。但另有論者指出，這已經是《冬之旅》的第八首，在 #5〈連頓樹〉主角已經「漸行漸遠」、「幾個時辰過後」，沒有理由再從離開那一刹那開始，重新再把經過敍述，因此從詩的開始便是回顧，第一、二節回顧離開時的境況、感受；第三節由近及遠，時間再向後推，回憶初來時的光景。我是同意後一種的看法。既是回顧，事情的細節也就不必太執着、追究。根據〈晚安〉主角雖然失戀，但仍未至被人驅逐、攆走，這裏所說離開時的慌張、匆忙，好像整個世界都與他為敵，人人都把他排斥、摒棄。甚至烏鴉在房頂起飛時撥下的冰雪，也覺得是故意向他揶揄投擲，只是他當時的主觀感覺。詩的第一、二節，把他這種為世所逼所棄的感受，寫得十分生動、活潑。

舒伯特的音樂也是同樣的傳神。開始的鋼琴引子，左右手奏的都是一樣的音樂，左手比右手低一個音階，但並非齊奏，左右手先後不同，節奏也不一樣。右手音與音之間不相連，左手卻是相連。這樣既相同，又相互交錯，構成一個像是給人驅逐，跌跌撞撞地慌亂奔走的感覺。音樂把詩裏面主角倉皇離開描寫得十分恰當、帖妥。

到了第三節主人翁再回顧遠一點：他五月時初來的光景。音樂轉為大調，伴奏也再不是跌跌撞撞，慌惶失措，而是平靜安舒，令我們想到〈連頓樹〉開始一段的音樂，連頓樹也在詩裏面出現，(是《冬之旅》裏面最後一次提到它了，) 而且還是綠葉婆娑，四圍花開爛熳。可是這種快樂安詳並不能維持，到了第五節，音樂又回到小調了。轉捩點在第四節最後一句：「少女一雙含情脈脈的眼睛——/啊！朋友，你便深墜網羅。」雖然這雙眼睛改變了主角的命運，甚至一生，可是在這裏，他仍然，像以前一樣，沒有對他所愛有半句怨言。

最後一節，主人翁表示如果有天重回那個村鎮，他要再來到舊愛的門前，靜靜地站在那裏。伴奏音樂和開始的引子相似，是描寫走路的音樂，沒有那麼急促，沒有那樣狼狽，但也不像在〈水流〉那首歌那樣，不是有目的、有計劃的，匯集所有眼淚，奔流那裏。只是表示，如果時來苟冥會讓他有機會再回到這裏，他會靜靜地站在她的門前。唱的音樂特別強調兩個字：「她的 (ihrem)」，似乎除了「她的」房子，甚麼都不重要；和「靜靜」(stille)，不像〈水流〉時的手足無措，而是平靜，安詳的。

倘使他真的有機會重回舊愛的門前，靜靜地默想，他會有甚麼最後要說的話呢？舒伯特的好友詩人梅浩發 (Johann Mayrhofer, 1787–1836) 有一首題為《再見》(*Wiederseh'n*) 的小詩：

熟悉的地點，可愛的連頓樹！
我再次來到你的身旁，跟你問好。
看到留在你身上高貴的名字，
我浪蕩不羈的心又再充滿柔情似水。
當我把這些難忘的詩句，

刻在樹身的周圍——

可有料到這只是個謊話，

伴着我的哀愁，永遠留下。

這也許就是主人翁所要說的話：這只是個伴着我的哀愁永遠留下的謊話。

9 Irrlicht 鬼火

第 xviii 頁

無論在文字上，或音樂上〈鬼火〉都不能說是《冬之旅》中最傑出的一首，可是它卻是全組詩的一個重要轉捩點。在它之前的八首，內容清晰可見都是和主角個人的失戀有直接的關係。但如果我們把〈鬼火〉從組詩裏面抽離出來，當一篇獨立的詩篇來看，我們看不到主角的失戀，也讀不到主角的感情。詩的內容不是有關主角個人的特別經驗，而是關乎人生的種種遭遇，是普及性的；並不是主角感性的反應，而是他理性的反思，是哲學性的。〈鬼火〉之後，組詩剩下來的十五首，除〈郵車〉以外，再沒有一首直接和主角的失戀有關，都是對人生失意、與世界疏離的一般生命上的問題的回應。〈鬼火〉是《冬之旅》主角透過他個人失戀的經驗，轉向思考生命問題的開始，在整組詩的結構上佔一個很重要的地位。

鬼火，在夏季的夜間，常見於郊野腐草朽木特多的低窪濕地，或墳地。是腐朽的動植物所放出的氣體，和其他的氣體，特別是沼氣，與空氣中某些化學元素，如磷等混合而燃燒的現象，看上去是一點點，或一球球的光團，在黑暗中飄浮起舞，時隱時現，若即若離。不少旅客誤以為是人家燈火，或精靈仙魔，在廿世紀，甚至有以為是外星來的飛碟。因為它的疑真疑幻，閃爍迷離，不少歐美詩人以之比喻人生。在這首詩裏面，慕勒的鬼火並不是人生的象徵，他也沒有強調鬼火虛幻的一面。他只是以鬼火比喻人生的目的。

每個人一生所追求的都是一個夢：他自己選擇的夢。人生沒有一個預設的目的，沒有一個必須追求的對象。人生追求的夢就像鬼火一樣，沒有實體，只是一個驅使，或者可以說誘發人前進的動力。每個人為了追尋他自己的夢，懸崖深谷，在所不辭，雖九死其猶未悔，不管是否一去不復。

鬼火雖然迷離撲朔，但卻不是虛謊，因為它本身不是一個應許，並沒有答應人甚麼。人追隨這點鬼火，目的並不是要把它攫取在手。鬼火是沒有可以被拿在手中的實體。追隨鬼火，只是要達到追隨者自己認為鬼火會帶他抵達的目的。鬼火也並不邪惡，因為跟隨它的不一定是失意而終，詩裏面說得很清楚：「哀愁喜樂開始就是這一點鬼火！」（Unsre Freuden, unsre Leiden, /Alles eines Irrlichts Spiel!）不只是我們的哀愁（unsre Leiden），就是我們的喜樂（unsre Freuden）也是鬼火帶來的。詩的結句：「最終都埋葬黃土一丘」，並不是說鬼火把人帶到死亡，而是說人生尋夢的過程，無論結果是顯赫輝煌、躊躇滿志，抑黯淡淒涼，憔悴失意，結果都難逃一副白骨，一坯黃土。尋夢之始是鬼火，尋夢之終是死亡，與鬼火無關。其實，我們應該感謝鬼火，美國十九世紀女詩人埃美利·狄更生（Emily Dickinson, 1830–1886）說：「揚棄信仰令行為狹隘，寧願一點鬼火，總比沒有光明好得多。」[54] 沒有鬼火，也

54 這是狄更生詩 #1551 的下半段，全詩原文如下：
"Those- dying then
Knew where they went-
They went to God's Right Hand-
That Hand is amputated now
And God cannot be found-

The abdication of Belief
Makes the Behavior small-
Better an ignis fatuus
Than no illume at all-"
是我自己的中譯。

就是沒有夢的人生，淺陋無文。這樣看來，鬼火還是正面的。

有論者以為詩裏面的鬼火象徵主角戀人的眼睛：在〈回顧〉裏面提到那雙叫主角「深墜網羅」含情脈脈的眼睛。維也納著名的藝術家高樂民·莫索爾（Koloman Moser, 1868–1918）在他1897年紀念舒伯特出生百週年以〈鬼火〉第二句「點點燐燐鬼火（Lockte mich ein Irrlicht hin」）為題的版畫，就是以一個長髮的裸女代表誘人的鬼火了。這是對慕勒讓主角第一次跳出個人經驗，思索人生問題的詩篇的誤解。

高樂民·莫索爾以「鬼火」為題製作版畫 “Lockte mich ein Irrlicht hin”**，作品為維也納美術館收藏。**(Koloman (Kolo) Moser (Artist), Originalzeichnungen zur Damenspende des Balls der Stadt Wien: “Lockte mich ein Irrlicht”, 1897, Wien Museum Inv.-Nr. 10380, CC0)

〈鬼火〉是由四小節鋼琴音樂開始的，最初兩小節的四響琴聲從B降到F#，然後從E再降到B，降了整整一個音階，這四下琴聲像鬼火在向流浪者招手，邀請他跟隨它進入深谷（琴音下降）；接下來兩小節，第三小節是三個三連音，最後的三連音從F#、G#遞升到A#，到了第四小節又重複攀回到開始的B，一下子又短暫地降回F#，再重新跳回B。這兩節忽升忽降的音樂活畫出鬼火的飄浮閃爍。四節引子過後，流浪者果然接受鬼火的邀請："Lockte mich ein Irrlicht hin." 隨着它進入懸崖深谷，這不只是慕勒的文字這樣說，舒伯特讓唱者唱到和引子開始第四個音一樣低的B，用音樂表示，主角的確是隨着鬼火進入到谷底的深處了。在歌詞的第一，第二節，引子第三小節裏面描寫鬼火的音樂還是一音不易地在鋼琴的伴奏音樂中出現，表示它仍然在流浪者的周圍，或左或右，或前或後，閃爍，跳躍，引領着他前進。到了詩第三節，流浪者已經到了谷底，隨着乾涸了的河牀向着一切流水的盡頭前進，不再需要鬼火的引導，鬼火的音樂在鋼琴伴奏中便再也聽不到了。直到唱者唱完最後一句「埋葬黃土一丘」，他個別的旅程終結了，代表鬼火的音樂才又一音無改地再度出現，全曲就在鬼火的音樂中結束，似乎對我們說，個人生命會結束，然而鬼火，誘導人向前的夢卻永無休歇，不斷繼續地向後來的人，向另一代的人生旅客招手，微聲呼喚：「來吧，隨我走吧！」

10 Rast 休息

第 xx 頁

和前一首〈鬼火〉一樣，〈休息〉無論文字，抑音樂方面，在《冬之旅》的廿四首詩裏面都不見得怎樣突出，然而在整組詩的結構，和主角心路歷程的變化上卻是一個很重要的轉捩點。在這兩首詩之前的詩篇，內容都離不開主角失戀的經驗，而主角注意力須臾不離的焦點就是把他丟棄的戀人。從〈鬼火〉開始就有了一個很大的改變，〈鬼火〉的內容再不是有關主角的失戀，詩裏面沒有一次，無論直接抑間接，提到過他的戀人。主角在詩裏面掙脫了他個人失戀沉痛經驗的枷鎖，轉向思考人生的問題，是《冬之旅》從個人的失戀詩，提升成探究有關人生的哲理詩的開始。接下來這首〈休息〉是主角把思想的焦點從「離棄他的戀人」轉移到「旅程」的濫觴。在它之後 #12〈孤獨〉、#14〈白頭〉、#15〈烏鴉〉⋯⋯直到最後一首〈搖琴的老人〉內容再沒有片字隻言提及他以前的戀人，而大部分都是和旅程有關的。莊遜說：「『旅程』漸漸開始和那個女子（主角的前戀人）競逐為流浪者（主角）的『定念』（Idée fixe）了。」[55] 從上面提出的證據，應該可以更大膽地肯定，「旅程」從〈休息〉開始，不是和「那個女子」競逐，而是已經代替她成為主角的定念了。

〈休息〉是一首很奇怪、充滿矛盾的詩歌。它的題目是「休息」，然而內容寫的卻是主角怎樣不肯休息。這個休息、不休息的衝突，在文字上看得十分清楚：

55 "It is the journey itself which is gradually beginning to rival the girl as the traveller's Idée fixe." (Graham Johnson, *Notes for Winterreise*. Hyperion CDJ 33030, p. 45.)

「在這坎坷的路上亂闖亂轉/倒反覺得精神奕奕。」就是躺了下來，心仍然「希望重回與風雪搏鬪的戰場。」舒伯特很明白這個掙扎是詩的主題，他的音樂也在告訴我們主角不願休息，但同時又清楚表示他實在需要休息。

慕勒的詩共四小節，舒伯特的歌把兩節合成一段，全曲分成兩大段，後半段的音樂和前半段的幾乎完全一樣，沒有甚麼大變化。音樂從鋼琴引子開始，就是描寫主角的腳步，到了歌唱部分開始，引子的鋼琴音樂轉成伴奏，仍然是同樣地描寫主角的步伐。直到歌唱告終，鋼琴重複引子的六小節音樂，結束全曲。音樂描寫流浪者步伐這個基調，就是在後半段，流浪者已經找到「一所破屋，一爐炭火」作他「臨時休憩之所」，都一直未曾改變過，表示主角心裏面從來沒有休息過。然而音樂所描寫的腳步並不是輕快的、充滿活力的，而是疲憊、蹣跚、沉重，我們要等到 #21〈客舍〉，流浪者走到墓園的前面，才可以聽到比這個更乏倦的腳步聲了，拖着這樣步伐走路的人實在是亟需休息的。

主人翁為甚麼不肯休息？雖然四肢傷痛難熬，為甚麼還要堅持趕着上路？是否想快快遠離傷心地？從詩內容看來，他已經流浪了一段日子，身處的是遠離任何村鎮，只有一所大概給獵人、樵夫休憩的破屋的荒野，無論時地，都應該和失戀之處有相當的距離了。是否趕忙要回到老家？組詩裏面從來未提到過他有一個可以回去「養傷」的老家。在詩的第一節他說：「在這坎坷的路上亂闖亂轉」，「坎坷」原文是“unwirtbarem”，直譯是「不友善」的意思。他走在這「不友善」的路上是沒有目的地的，只是為了繼續、不停地走。為甚麼這樣？慕勒在詩最後的兩句給我們指出了原因：因為一停下來主角便感到心內毒蛇（Wurm）的噬咬。"Wurm"一般解作蟲豸，但文學上也可以用來指龍蛇，在這裏我覺得翻成「毒蛇」比「蟲豸」更貼切。原來主人翁不休息並不是他要趕路，要早點抵達目的地（其實，他並沒有目的地），而是他不能停下，他的內心有一種力量禁止他停下。

尼采說：

任何人只要取得心靈上一點點的自由，便不能避免覺得自己在地球上只是一個遊蕩者——並不是一個有終極目的地的旅客：因為這樣的目的地根本是不存在的。但他會張大眼睛，留心觀察，世界上真的發生的情事；因為這個緣故，他不會讓他的心牢牢地依附在任何個別的人事上；在他心內一定有一種，從轉變、過渡當中找到快樂的遊蕩精神。[56]

《冬之旅》的主角在 #9〈鬼火〉已經開始掙脫失戀經驗的綑鎖，像尼采所說取得了「心靈上一點點的自由」，他的心內也一定產生了一種不能安靜地停下來，要從轉變、過渡、變化中找尋快樂的遊蕩精神。開始的時候，他自己也不知其所以然，這種叫他坐不安席，必須沒有目的地遊蕩的驅促像是一種魔咒，是他心內的毒蛇。慢慢經過一番的反省、思索才悟到，像尼采在《察拉圖斯特拉如是說》所說：

---

56 Friedrich Nietzsche, *Menschliches, Allzumenschliches*, Vol. I, Part 9, 638, "Der Wanderer".

人是一條繩索，懸在禽獸和超人之間——一條架在深淵之上的繩索。一個危險的橫渡、危險的進程。危險的後顧、危險的戰慄和停頓。

人偉大的地方在於他是橋樑而不是終點：人值得愛憐是因為他是冒起（Übergang）同時也是湮沒（Untergang）。

我愛那些除了湮沒以外便不懂得怎樣生活的人，因為他們是過渡者（Hinübergehenden）。[57]

當他明白人生的目的不是一個可以停下來的定點，而是整個人生的過程，冬之旅的目的地就是旅程的本身，像加謬在《西西弗斯的神話》全書結束的時候怎樣描寫站在山腳下的西西弗斯：「感到一切都很好。……向上，向高處奮鬥，掙扎這個過程，已經足以滿足」他的心了，體悟到這一點，流浪者也便「安禪制毒龍」[58]，把這條在他心中，不容許他靜止、休息的毒蛇降服了。

57 Friedrich Nietzsche, *Also Sprach Zarathustra*, Part 1, "Zarathustra's Prologue".

58 王維《過香積寺》：「不知香積寺，數里入雲峰。古木無人徑，深山何處鐘。泉聲咽危石，日色冷青松。薄暮空潭曲，安禪制毒龍。」

11 Frühlingstraum 春夢

第 xxii 頁

多少恨，昨夜夢魂中。還似舊時游上苑，車如流水馬如龍，花月正春風。

南唐後主這首《憶江南·懷舊》就只廿七字，把從夢中之喜落到夢破之悲那種黯然神傷表達得十分傳神。《冬之旅》第十一首〈春夢〉要寫的也是這種夢破的悽愴悵惘，寫得同樣擾人心緒，攪人魂魄。

討論前兩首詩的時候不是說主角已經掙脱了失戀經驗的綑縛，詩的內容不再膠滯於他個人的傷感，對戀人不捨的眷念，那〈春夢〉是不是一個逆退呢？主角是否又重復緊抱過去，再墜失戀痛苦的網羅呢？像主角這樣刻骨銘心的痛苦經驗並不是可以容易忘掉的，要擺脱它的困擾是要下工夫的。睡醒的時候，還可以憑理知對過去説再見，不讓它把自己纏繞。但睡着的時候，不再由得理性操控，潛意識舊愛不斷湧現，難捨難離，也是無可奈何的。〈春夢〉寫的是夢境，一個人不能控制夢境。況且在這首詩之後，除了在 #13〈郵車〉之外，再沒有任何其他地方，無論是在夢中與否，提到他對舊愛的憶念了。(〈郵車〉的例外，在下面討論〈郵車〉時再和大家分析解説。) 所以〈春夢〉不能算是主角心路上的一個逆退。

〈春夢〉分兩段，每段三節。不論前段抑後段，第一節寫的是夢中所見；第二節是被鴉雀的叫聲從夢中驚醒，看到現實和夢境的分別；第三節敍説夢破後那種斷腸的哀痛。前後兩段的音樂幾乎完全一樣，沒有任何大的變動。全曲引子的音樂甜美歡欣，在《冬之旅》裏面再難找到，和它差堪比擬的大概只有 #5〈連頓樹〉：提到躺在樹下的過去、#8〈回顧〉：回想他初到城鎮時的泉鳴鳥唱兩處，兩者寫的都像〈春夢〉一樣，是主角的冬之旅開始之前的情事。〈春夢〉之後，這樣快樂的音樂在整套組曲裏面便再也找不到了。快樂有很多不同的類別：《美麗的磨坊女郎》#11〈我的〉(*Mein!*)的音樂是成功達到目的後，躊躇滿志，驕傲地向春花、豔陽、全世界「有耳可聽」者所表達：「磨坊女郎是我的，我的！」的欣喜；《獨自》(*Der Einsame D800*)，舒伯特另一首名曲的音樂，描寫的是一個人經過整日的辛勞，終於忘卻營營，回到家中，獨自一人享受片刻不再心為形役那種安詳的怡悅；膾炙人口的《鱒魚》(*Die Forelle D550*)，第一節描寫的是鱒魚曳尾清溪之中，自由自在、與世無爭的快樂。三處的音樂都是描寫快樂，然而卻是各有不同的特色，清楚有別，不能互易。如果有人懷疑音樂的描述能力，請他聽聽這三首舒伯特的傑作，便應該可以叫他改觀了。至於〈春夢〉的引子，和第一節的伴奏音樂所描寫的又是另一種的快樂：「少年不識愁滋味」，還未碰到過人間醜惡，世態炎涼，像春天一樣，未經歷過夏天的苦熱、秋天的肅殺、冬天的冷酷的快樂。我們不需要詩的題目和唱詞提醒，音樂的本身已經清楚地告訴我們寫的是春天。鋼琴引子最後的兩聲音響，就是西洋音樂裏面最常用以代表春天的布穀鳥啼聲，前後段的第一節伴奏音樂也是同樣以布穀鳥的鳴聲作結。

詩前段第一節所描述的夢境是一般春天慣見，綠草如茵，好花遍野的景象，鋼琴伴奏音樂的指引是輕柔(*pp*)、流暢(etwas bewegt)。到第二節，指引改為中強音(*mf*)，節奏變成快促(schnell)，當唱者唱到「雞聲陣陣」(die Hähne krähten),伴着「雞聲」(krähten) 鋼琴奏出模仿雞叫,粗暴、尖銳的強音 (*f*) 把流浪者驚醒。醒來後,他發現原來周遭黝黑寒冷。第二節和第三節之間有半拍的停頓,這是個很重要的停頓,表示在夢破的迷惘下,當事人需要定一定神才曉得身在何處,才能夠作出反應。舒伯特給這半拍的停頓加了個延音 (*fermata*) 符號:𝄐,表示可以由演奏者自由決定停頓的長短。(太半的演奏者在這裏都停頓多於半拍。) 前段的第三節,是主角對自己竟然在嚴冬夢見春景,把窗上的冰花誤成鮮花,自嘲「多情應笑我」。短短一小節的過場音樂,我們便進入全曲的後半段,再一次聽到和開始時一樣的鋼琴音樂,告訴我們主人翁又重入美麗的夢鄉。第二次美麗的夢鄉所見並不是客觀大自然的春景,而是主角生命裏面的春天:美麗的姑娘、熱情的擁抱⋯⋯。當刺耳的雞聲再驚醒他的好夢,他見到的也不是像前半段一樣,外在的現實:窗上的冰花、周圍的黑暗;夢境是他的心境,他醒後所感到的是心裏的孤苦、內在的黑暗。慕勒的詩句清楚的道出這個分別:第一段,第二節,第二行是:"Da ward mein Auge wach;",雞聲喚醒的是眼 (Auge),眼看到的是外在的景物;第二段,第二節,第二行是:"Da ward mein Herze wach;",被喚醒的是心 (Herze),心感到的是內在的情懷。[59] 像第一段一樣,音樂在第二、第三節之間也頓了一頓,一頓之後,主角第三節的反應再不能像前

59 這點不同很難在中譯中表達,我把前段,第一節翻為「把我夢中喚醒」,「我」是物質實體;後段,第一節,譯成「把我好夢驚醒」,「夢」是內心所見,算是勉強交待了原文「眼」(物質實體) 和非物質實體「心」的分別。

段一樣的輕鬆自嘲，而是心碎的問天：生命的春天是否會再次出現？我的所愛可還會重新依偎我身？提問的時候已經知道答案必然是負面的、不可能的。慕勒的詩句也暗示得很清楚：他問的不是葉是否會再綠，這還有可能；他問的是窗上（am Fenster）冰雪留下的花姿葉影何時再綠（Wann grünt ihr Blätter am Fenster?），那卻是絕對不可能發生的事。主角雖然重新把眼睛閉緊，但再不像上半段一樣，舒伯特安排最後一聲 A 小調的和弦，把全曲結束，截斷了重回夢鄉之路，流浪者就是要在夢中尋回他失落的過去也辦不到了。

不要因為它的音樂在整套《冬之旅》裏面，技巧的要求並不高，而小看〈春夢〉，它有它另外高的要求。前面提到過這首歌，前後兩段除了中間一小節過場和最後結束時的一聲 A 小調和弦外，音樂基本上完全一樣。這兩段雖然説的都是夢境、夢醒、反應，但前段的夢是有關外在的實在，而後段卻是切膚的內心世界，疏親有別，深淺各異，主角的反應自是不同，在演繹上，應該怎樣處理？這為歌手、琴手帶來不易解決的許多困難。英國男高音依安．波士德列茲（Ian Bostridge, 1964–）[60] 在他有關《冬之旅》的專著：《舒伯特的冬之旅：一個迷思的剖析》（*Schubert's Winter Journey: Anatomy of an Obsession*）論到〈春夢〉的時候説：「〈春夢〉（在同一首歌裏面）重複用同一的音樂，配不同的文字，（為演繹者）帶來很多問題和機會。」這是個中人的確語。

60 他有起碼兩個不同的《冬之旅》錄音，兩個都有樂評人認為是當今的首選，雖然我不同意。

12 Einsamkeit 孤獨

第 xxiv 頁

「像烏雲一朵/飄越萬里晴空。」(Wie eine trübe Wolke/Durch heitre Lüfte geht,) 這是〈孤獨〉原詩開始的第一、二行，就只這兩行便已經刻劃清楚詩的主題「孤獨」，是怎樣子的一種孤獨了。既然說的是晴空，又怎麼會有雲？就是有一兩片小小的雲，也應該是白雲，不應該是烏雲 (trübe Wolke)，德文 "trübe" 這個字指的不只是顏色暗淡灰黑，同時也有黯然沮喪的意思，「烏雲一朵」和「萬里晴空」是格格不入、完全不調和的。這首詩所要描寫的孤獨，就是這樣的一種孤獨：一片小小的烏雲，在晴朗碧空中的孤獨。

主角在〈孤獨〉裏面的旅程是一個與前面不同的新旅程。不是 #1〈晚安〉、#5〈連頓樹〉、#8〈回顧〉所描寫，剛失戀時倉皇的離開，那是要離開傷心地，越遠越快越好，並沒有一個特別要去的目的地；也不是 #10〈休息〉所描述不知其所以然，只是感到不能停下來，不能不繼續向前走，是對生命逆境反叛、抗議的旅程，沒有目的地，甚至可以說沒有目的；〈孤獨〉裏面當「松頂掠過微風」開始的旅程，和前兩者都不同。從詩的表面我們看不到旅程的目的。但主角並沒有選擇偏僻荒遠的地方走，而且更是走進他人的生活裏面，嘗試和他人接觸，從詩的第二節說他「穿過多少快樂光明的生活」(Durch helles, frohes Leben,)：穿過的不是城鎮鄉村，而是人的「生活」(Leben)，便清楚明白了。主人翁慢慢從失戀的傷痛中康復，對不知為的是甚麼的遊蕩，開始感到疲乏。詩人用 "trägem"：緩慢、蹣跚，來形容他的腳步，就是引發他旅程，松頂的微風

（mattes Lüftchen），“mattes” 也有疲弱的意思，詩人的遣詞用字給我們繪畫一個疲憊的旅人。他厭倦流浪，希望能再過一個正常的生活，所以嘗試與人接觸，走進其他人的生活裏面，可是他遭遇比失戀更慘痛的待遇。

前面的詩篇說到的是主角的戀人移情別向，離開了他；本來歡迎他的村鎮中人，突然反面無情要把他攆走。經驗雖然慘痛，但起碼別人認識、知道他的存在；他還有一個發洩、抗爭的對象：變心的戀人，為錢把女兒嫁作富有新娘的父母。然而，在〈孤獨〉裏面，他雖然穿過光明快樂的生活，但卻沒有人和他招呼，向他問好。世界根本就不曉得，也不關心有過他這麼一個人，完全不認知他的存在。他固然沒有在他所穿過的生活留下甚麼印象，他所穿過的生活也沒有讓他帶走任何回憶：快樂的不用說了，就是負面的，惹起他的反抗，讓他咒罵，要他想辦法克服、忘記的都沒有。周圍的世界和他絕了緣。這種茫茫天地竟然沒有一個接觸點的孤獨，比被世界排斥要痛苦多千萬倍。必須明白這一點，我們才可以體會為甚麼在詩的結束，主人翁要大聲呼喊：「啊！四周這樣安詳皎潔。/但願烏雲滿天，風雪暴烈，/這才會消滅我的憤慨不平。」因為烏雲滿天，風雪暴烈，他還有一個可鬬爭、要克服的對象，還不是完完全全的孤獨。

舒伯特給詩的引子，和第一、二節寫的伴奏音樂，跟 #10〈休息〉一樣：每節兩拍，四個樂音，是描寫主角疲乏的腳步。只是〈休息〉，每節的四個樂音長短不同，舒伯特不時更在第三個音上面，添上一個加強的指引號：>；〈孤獨〉，四個音的長短輕重一樣，聽起來主角的腳步雖然同樣困倦，卻似乎沒有〈休息〉

的沉重、蹣跚。到了詩的第三節，內容說的是主角心內的感受，舒伯特把這一節全部重複了一次，最後一句「如此憤慨不平」(so elend) 也重複一次，篇幅跟上面兩節加起來一樣長短，在這節的伴奏音樂裏面，聽到的便再不是流浪者的腳步。鋼琴從低到高，音量從弱到強，更夾着強烈的震音 (tremolando)，充份刻劃出積聚主角內心的種種鬱結不平，起伏洶湧，這是全曲的高潮。結束的時候，音樂回復到和引子一樣，主角繼續他像一片烏雲飄越晴空的孤獨旅程。〈孤獨〉是慕勒初版的最後一首，詩人狠心地把主角留在這個憤懣、心內洶湧難平的狀態，讀者無從揣猜他何去何從。

舒伯特的〈孤獨〉有兩個版本。第一個版本是他還未讀到慕勒廿四首版，以為〈孤獨〉就是組詩最後一首時寫的。音樂和 #1〈晚安〉一樣是 D 小調，在音樂上最後一首和最前一首相互呼應，給人結構上一個完整的感覺。當他發現廿四首版本，並為新增的十二首寫音樂，〈孤獨〉不再是全組最後一首了，舒伯特把原來的 D 小調，降低三個音，改為 B 小調。為甚麼這樣改，討論的人很多，有以為是原來的音域較高，唱起來有點辛苦，有以為是為了配合新版廿四首不同調性的組織，然而，除了音域高低的分別，兩個版本之間還有一個小小，但很重要，更值得留意的改動。前一版本，最後一句兩次出現都是同一音樂，給人的印象是主角郗吁之餘，還是默默接受他的運命。後一版本，「如此憤慨不平」最後一次出現的時候，伴奏的音樂比前提高了三度，這突然的上揚聽起來有點淒厲，像是主角在抗議。舒伯特用音樂告訴我們，主角不是逆來順受地繼續他的旅程，《冬之旅》的下半部，就是主角對與世相違的孤獨的反思和回應。

13 Die Post 郵車

在這首歌曲的開始我們聽到蹄聲沓沓，郵車號角飛揚。到了唱者唱出第一節：「郵車角聲響徹，/你何以狂跳不歇？/我的心哪！」我們才曉得琴聲並不只是描畫郵車的蹄聲，同時也繪寫主角狂跳不歇的心。舒伯特藝術歌曲的鋼琴音樂往往同時描述不同的情事，負有超過一種的任務。譬如他早期的作品《魔王》(*Erlkönig*)，除了最後三小節，鋼琴的音樂都像急速的馬蹄聲，表面上似乎只是描寫父子兩人在月黑風高的晚上策馬狂馳，但音樂還呈現惶恐、焦急，所以又像是父子兩人的心跳聲，更令人不期然想到《莊子・齊物論》:「一受其成形，不亡以待盡，與物相刃相靡，其行盡如馳，而莫之能止」一段，音樂的意義便更翻高一層，啟示人生的有限和無奈，與歌內的父子黑夜中與死神競快相似。

十八至十九世紀的德國郵車和號角

〈郵車〉共分四節，是主角與他自己的心的對話。把主角一分為二，一個是理性的，另一個是感性的，這種文學手法在 #2〈風向標〉已經用過：理性嘲笑感性：如果他早留意到舊愛房頂風向標的表象，便不會希冀、期望在這所房子裏面找到甚麼海枯石爛、地久天長了。在這裏的第一節，主角問他的心：「聽到郵車的號角，你為甚麼便跳得這樣厲害？」

第一節終結，音樂完全停頓，靜默了整整一小節，就像他的心一時也找不到答案，不曉得為甚麼聽到郵車的聲音，便突然狂跳，要停下來想一想。第二節仍然未是心的回答，而是對心再詳細一點的問題：郵車並沒有帶來任何消息，你（心）到底緊張甚麼？

第三節才是心的回答：「（Nun ja,）郵車來的鄉城/正是我舊愛所在」（die Post kommt aus der Stadt, Wo ich ein liebes Liebchen hatt',）答案開始"Nun ja"這兩個字在德語常用，但卻不容易翻譯，它有「難道你不知道嗎？」的含意。心回答的意思是：難道你不知道郵車是從我舊愛所住的城鎮來的嗎？我的衝動、狂跳，並不是郵車實際上帶來了甚麼消息，我也不管它有沒有帶來甚麼消息，就只是因為它來自我舊愛所在的地方，這便叫我不能自已地激動，攪動了我萬千思緒，已經是足夠的理由解釋我的狂跳不息，這又豈是理知所能明白、了解？

像第一節一樣，第三節結束的時候音樂也是停頓了一小節，讓理知思想一下心的回應。然而，理知的確沒有辦法明白心的感受、心的反應。因此，第四節，音樂再起，他又向心提出另一個問題：你是不是對現況還有甚麼不明白的地方？是不是有甚麼還要處理的問題，需要跳出體外考察明白、徹底解決？它完全不能明白為甚麼只是因為郵車來自舊愛所住的地方，便引起心這樣強烈的反應。在前面討論 #4〈僵固〉的時候已經提到過：人的心，就是自己的理知也並不是可以明白的，解開心結的心藥，不是理知可以提供的。全曲就在這理知不能明白、沒法解決的懸念下結束。

慕勒把〈郵車〉放在廿四首《冬之旅》的第六位，〈連頓樹〉的後面。舒伯特把它放在《續篇》開始的第十三位。從詩的內容看來，慕勒的安排似乎比舒伯特的安排更妥當。在前面的十二首，主角努力嘗試把他的失戀經驗忘記，擺脱對舊愛的迷思，並且漸逐有了成果。在第八首作了最後一次的回顧以後，舊愛就只是在第十一首「來復夢中身」再出現過一次。對郵車來自舊戀人的所在地如此激動，應該是以前，在 #7〈河上〉為戀情舉行了喪禮，立下了墓碑之前的事，舒伯特把它放在這個位置，未免過晚，在整組詩的進程上似乎有點齟齬難安。怪不得卡佩爾認為〈郵車〉是《冬之旅》的一個問題。慕勒的安排猶自可，舒伯特把它放在第十三位這麼後，主角對舊愛已經不應該再有任何像〈郵車〉裏面所表達的幻想、希望，可以襯得起郵車描寫飛揚的號角，和輕快的蹄聲的音樂了。[61] 然而，我們可以為舒伯特的安排辯護，甚至可以説它不只沒有問題，而且無意也好，有意也好，比慕勒的更勝一籌。

在本書的上面已經提過，舒伯特在未發現廿四首增訂版的《冬之旅》以前，已經完成了最初十二首的音

---

61 Richard Capell, *Schubert's Songs*, p. 236.

樂，並送交出版商。要像慕勒一樣把新的十二首和舊的合在一起重新排序，實際上有很多的困難。他維持最初十二首的原有次序，把後加的，除了把〈勇氣〉和〈虛謊的太陽〉兩首位置互換外，按在慕勒廿四首版出現的先後排序，當成「續篇」出版是權宜之計。然而這個「權宜之計」也並不是完全沒有經過考慮的。因為就是不更動最初十二首的次序，把新增的詩篇分別結成《續篇》，舒伯特也可以刪去他認為不適合的。慕勒的《美麗的磨坊女郎》原來是有廿四首詩的，舒伯特就只選擇他覺得適合的其中二十首譜上音樂，[62]對《冬之旅》後加的十二首，也可以同樣處理，只譜上認為合適的部分詩篇；也可以不按它們在慕勒《冬之旅》出現的次序，隨意調動，另作安排。舒伯特都沒有這樣做，是有他的理由的。

舒伯特把後加的十二首稱為《冬之旅·第二部分》，雖然是同一個旅程，但卻是不同的兩部分。前一部分是對失戀的回應，是個人的，感情的，文學的；然而，主角慢慢從個人的傷痛中走出來，這在 #8〈回顧〉開始已見端倪。到了 #12〈孤獨〉所描述像一朵烏雲飄越晴空的旅程，主角雖然是同一個人，但旅程卻是和以前不一樣：是普及的，思想的，哲學的。其實詩裏面說「當松頂掠過微風」旅程開始，已經是把它視為有一個不同開始的新旅程了。舒伯特的安排，〈郵車〉是對舊旅程的告別，不單是離開了「舊地」，

62 Hyperion 由 Johnson 主持的全部舒伯特藝術歌曲錄音就把《美麗的磨坊女郎》（第 25 集，唱片編號 CDJ 33025）裏面舒伯特沒有配上音樂的四篇詩篇，在組詩中原來出現的位置由 Fischer-Dieskau 讀出，令聽者得觀組詩的全豹。

而且「舊地」也再沒有給他消息，兩者已經斷絕了關係。接下來的新旅程，目的不再是離開舊的，而是找尋新的。慕勒把後添的和初寫的詩篇混在一起，重新排序，攪亂了本來首尾呼應的初版十二首《冬之旅》的結構，如果他不是作者本人，我便會批評他忽略了〈孤獨〉裏面所留下，把旅程分成不同目的、不同質性的兩半，明顯的線索了。

14 Der greise Kopf 白頭

第 xxviii 頁

在〈郵車〉和「以往」斷絕了關係，開始了冬之旅的第二階段，主人翁的思想不像前一階段，焦點不再是他的失戀和他的舊愛，而是尋索人生的意義，對人生的反思。就如 #9〈鬼火〉一詩的結句：「人生……最終都埋葬黃土一丘。」死亡既然是所有生命的終點，探究人生就無法迴避對死亡的討論。〈白頭〉是《冬之旅》裏面第一次提到，雖然不是直接，但卻很清楚地暗示，主角對死亡的態度：急不及待的歡迎。

在《冬之旅》的廿四首詩裏面，慕勒從來沒有用過「歡喜」、「快樂」、「欣悅」這些副詞來描寫主角，只有在〈白頭〉的第一節，當流浪者突然發現自己白髮蒼蒼的時候，他才用 "freuen" [63]，還加上 "sehr"（十分），「十分欣喜」（hab' mich sehr gefreuet）來形容主角的感受。為甚麼主人翁看到自己白髮蒼蒼這樣高興呢？因為這表示他已經老去，離開死亡的日子不會太遠了。「死亡」這個《冬之旅》後半段重要的主題之一，就這樣間接地、輕鬆地引進這組詩的裏面了。然而，流浪者怎麼會一夜之間便白了頭？

一個人一夜之間頭髮變白的傳聞中外都有，在中國比較著名的應數東周戰國時伍子胥的故事。伍子胥的父親伍奢是楚國的大臣，楚平王要廢太子，伍奢站在太子一邊，平王下令把他全家抄殺。伍子胥逃

---

63 貝多芬第九交響樂最後一個樂章的《歡樂頌》，「歡樂」在原來德文就是 "freude"。

脫，想要投奔吳國。到了楚國邊境重兵鎮守的昭關，因為平王畫影圖形全面通緝，無法過關。他焦急得一夜之間便全白了頭，形容憔悴枯槁，像個乾癟的糟老頭兒。守關的兵士就是對着畫圖也沒有把他認出來，便給他順利過關進到吳國去了。外國的，特別是慕勒在生之年，有關一夜白頭的傳聞，多人知道的大概是法國最後的皇后，法國革命時，被送上斷頭台，法皇路易十六的妻子，瑪麗·安托瓦內特（Marie Antoinette, 1755–1793）。根據傳聞，她在上斷頭台前也是數日之間頭髮全都轉白。但這些都只是傳聞，真實性不高。如果慕勒硬給流浪者安排一個一夜白頭的故事，很難說服讀者，全組詩感人的力量，也便大大地給削弱了。

唐·李華的《弔古戰場文》描寫苦寒的野地：「至若窮陰凝閉，凜冽海隅。積雪沒脛，堅冰在鬚……」原來在嚴冬，依附人毛髮的濕氣，往往結成薄霜，有如一層白幕。遠望鬚眉皆白，活像一個老人。慕勒就是把這個常見的自然現象，配上歷史上一夜白頭的傳聞，寫下〈白頭〉這首詩。《冬之旅》主角一夜間便變得白髮蒼蒼原來只是因為毛髮上的濕氣，在嚴寒之下結成一層薄霜，並非真實，它帶來的「欣喜若狂」，也隨着假象破滅，不能持久。到了詩的第二節，太陽升起，薄霜融掉，流浪者曉得白頭只是個誤會，空歡喜一場。幻夢過後，主角在第三節，望着人生的茫茫前路，不勝郗吁。

〈白頭〉的結構和 #11〈春夢〉前後兩段的結構一樣，都是分成三節。第一節寫的是令他歡喜的所見；第二節是他明白所見原來是個虛假的幻像；第三節是他了解真相後的喟歎。詩的結構雖然一樣，然而〈白頭〉和〈春夢〉有一個不同的地方，這個不同之處幫助我們更明白主人翁的心境，在〈春夢〉之後的變遷。

〈春夢〉前後兩段第一節所描述主角歡喜看到的夢境都是一般人所喜歡看到的：好花遍野，鳥唱蟲鳴，熱情姑娘，甜蜜擁抱。這些美麗夢境的破滅，理所當然為主人翁帶來第二、三節的哀愁、失望。然而〈白頭〉第一節令主角欣喜的假象，卻是他變成了一個滿頭白髮的老人，這對一般人來説，帶來的應該是驚慮、憂傷。第二節發現原來他並未衰老，黑髮依然故我，那才應該叫他欣喜若狂。這裏，主角的反應和一般人恰恰相反，並不表示他瘋了，而是表示他和這個世界、和周遭的人是如何地陌生，他是如何的孤獨：「世與我而相違，復駕言兮焉求！」〈白頭〉表面只是描寫一個近乎滑稽的誤會，可是在詩句的背後，我們卻可以深深體會主人翁心境的沉重。

舒伯特為〈白頭〉寫的四小節鋼琴引子很清楚刻劃出主角的心情。引子從 C 開始，前半段兩小節音樂一直上升，到中段——第三小節開始，便達到高峰降 A，升高了十三個音，然後音樂便改變方向一直下瀉，到引子結束，又復返回開始的 C。樂句在短短四小節之內起伏這樣大，在《冬之旅》裏面曾不多見。接下來，唱者唱出的第一句也是四小節，音樂幾乎和引子的完全一樣，前半段急升，下半段急降。這樣的安排也是在描寫主人翁心情的急速起伏：哀愁孤獨——欣喜若狂——復歸郗吁歎息。只是為了照顧唱者，唱的樂句未有像引子攀升得這麼急峭，只是升了十一個音到 F 便停止。全曲結束的時候，舒伯特只重複引子後兩節從降 A 下滑到 C 的音樂，他要帶給聽眾甚麼信息，就不必我在這裏嘵舌了。

15 Die Krähe 烏鴉

第 xxx 頁

中國的文學（詩歌、小說），或藝術（繪畫、雕塑）以死亡為題材的作品不多，動人心魄的傑作可便更少了。大概中國人都同意《老子．八十一章》所說：「信言不美，美言不信」。死亡是最可信的，所以不美，也就成不了藝術、文學的題材。在西方那可不一樣，詩人濟慈（John Keats, 1795–1821）說：「『美就是真，真就是美』—— 這便是所有你在世上知道的，也是所有你需要知道的。」[64] 死亡既是如此真確，無從避免，也就成了他們文學、藝術的一個焦點。西方不少不朽的詩作、畫作、樂曲都是以死亡為主題的。

不分古今中外不少人對死亡都是抗拒的。晉宋時期的詩人陶淵明（365–427）在他《形影神》詩的序裏面說：「貴賤賢愚，莫不營營以惜生，……」我們愛我們在世上所有的，珍惜我們的生命，而死亡把這些都奪去，給我們生命劃上一個休止符，因此我們畏懼、抗拒死亡。二十世紀英國詩人狄蘭．湯馬斯（Dylan Thomas, 1914–1953）寫給他臨終的父親的詩：《不要溫順地進入那美好的長夜》，就是和死亡抗爭的戰歌：「不要溫順地進入那美好的長夜，……憤怒，憤怒地抗拒光明的消逝。」（Do not go gentle into that good night, …… Rage, rage against the dying of the light.）一度膾炙人口，是不少西方人對死亡的態度。

64 濟慈的《希臘古瓶頌》（*Ode on a Grecian Urn*）最後兩行：
"Beauty is truth, truth beauty," — that is all
Ye know on earth, and all ye need to know.

抗拒死亡的人雖然很多，但也有不少是持另一看法的。「夫大塊載我以形，勞我以生，佚我以老，息我以死。」（《莊子・大宗師》）人生有各種的憂苦愁煩，死亡讓我們放下生命的重擔，進入安息。他們不但不和死亡抗爭，還張開雙手迎接死亡帶來的和平。德國詩人約瑟・范・艾肯多夫（Joseph Freiherr von Eichendorff, 1788–1857）的《夕陽紅》（*Im Abendrot*）便美麗地寫出這種情懷：

我們手牽手走過生命的快樂和憂愁。在這個寧靜的環境裏，就讓我們歇一歇吧。

山嶺四周圍繞，天開始黑了，剩下一雙雲雀，在蒼茫暮色中追尋他們的夢。

來吧，任由他們飄飛吧！是睡覺的時候了。千萬別讓自己在孤寂中迷了路。

在夕陽餘暉中，前來吧，寧謐的和平。對這浪蕩的生活我們已經倦了，難道這就是——死亡？

李察・史特勞斯（Richard Strauss, 1864–1949）臨終前把這首詩，和另外三首德語詩人赫曼・赫賽（Hermann Hesse, 1877–1962）的作品譜上音樂，以《最後四歌》（*Vier Letzte Lieder*）的名稱出版，是他最後的作品。聽過《最後四歌》的〈夕陽紅〉，我們便體悟原來死亡是可以這樣美麗，可以帶來如此的安詳、恬靜，又何必憤怒、抗拒，夕陽餘暉的漸逐消逝？

上面提到的詩作，無論拒抗抑歡迎，都只是對死亡「來臨」的反應。慕勒的〈烏鴉〉卻是對死亡本身，不只是對死亡來臨的看法：死亡從一開始便是人終身的伴侶。一位年青的朋友説及和他父親一段的對話。

他父親感慨地說：「孩子，我老了，已經跟死亡掛了號，正在排隊輪候和他見面。」朋友說：「爸爸，不只是你在排隊，我也在排隊，你十歲的孫子也在排隊，你所有認識的人，都跟你一樣，在死亡那裏掛了號，都正在排隊輪候。」朋友說的半點兒都沒有錯，世上每一個人在出生的一刹那，便都在死亡那裏掛了號，都在排隊輪候和它會面：自從旅程開始，烏鴉（死亡的代表）便在（每個人）的上頭盤旋，如影附形，亦步亦趨。舒伯特為這首詩所寫的音樂也強調烏鴉、死亡的象徵，和流浪者之間緊密的關係：代表烏鴉的鋼琴伴奏，左手所奏出的音樂，和唱的音樂完全一樣。只有第二節，和第三節最後兩句主人翁對烏鴉說話的時候，因為說話的雙方不能不有所分別，才少少有點不同。烏鴉和流浪者，從音樂方面看去，是二而一，一而二，很難把他們分別開來。

對這不肯和他須臾離的烏鴉，詩裏面死亡的代表，流浪者是怎樣的一個態度呢？恐懼？厭惡？輕視？有樂評人認為烏鴉一直在等待流浪者倒斃好讓牠大快朵頤，莊遜甚至在第二節最後一句：「把我當作你的食物」的伴奏音樂裏面聽到流浪者幻想烏鴉的爪喙已經在撕啄他的身體，[65]那流浪者還可以對牠有甚麼好感？我雖然努力嘗試，但總沒有辦法聽到莊遜所聽到的。在主角對烏鴉的詢問裏面，我也沒有聽到厭惡、恐懼、譏諷；只聽到半自嘲、半開玩笑的：「像我這樣潦倒的人，還有甚麼值得你苦苦跟隨？為了我死去之後的身體可當食物？那大概也不用等得太久

65 Graham Johnson, *Notes for Winterreise.* Hyperion CDJ 33030, p. 66.

了！」大有中國古詩所云：「腐肉安能去子逃？」的味道。

從主角對烏鴉的稱呼我們便可以看到他對烏鴉是怎麼的一個態度了。在詩第二節的開始他稱呼烏鴉為："wunderliches Tier"。"Wunderlich" 是「奇怪」、「特別」、「與眾不同」的意思。這個形容詞在《冬之旅》裏面還再用過一次。在最後一首詩最後的一節，流浪者稱搖琴的老人為 "wunderlicher Alter"（我譯為「遺世獨異的老人」）。流浪者對搖琴的老人應該沒有任何厭惡、恐懼、輕視、嘲諷，有的只是一種特別的佩服和尊敬。這種尊敬和佩服，慕勒用的就是 "wunderlich" 這個副詞去形容。莊遜也看到慕勒用 "wunderlich" 這同一個字來形容烏鴉和搖琴的老人。當他提到主角稱烏鴉為 "wunderliches Tier" 的時候說：「這是對在全組詩最後一首，他稱那搖琴的老人為 "wunderlicher Alter" 的一個令人冷慄（chilling）的前瞻（pre-echo）。」[66] 莊遜明白 "wunderlich" 並非貶詞，是表示一種特別的敬佩，然而對烏鴉的敬佩，和對搖琴老人的不同，當我們了解主角為甚麼對烏鴉敬服的理由，我們便不由得不因為主角的心境感到冷慄。

主角敬佩烏鴉，因為牠的忠實、可靠。流浪者經歷被愛人撇棄，他人排斥，倉皇出走；經過的城鎮，沒有人和他打招呼，對他視若無睹，彷彿沒有他這個人的存在；甚至大自然也給他開玩笑，叫他以為自己一夜白頭，空歡喜一場。然而，烏鴉從旅程開始便與他為伴，盤旋頭上，不棄不離。美國黃石國家公園

66 Graham Johnson, *Notes for Winterreise.* Hyperion CDJ 33030, p. 66.

(Yellowstone National Park)有一個噴泉，每隔六十分鐘左右便噴發一次，[67]百年未變，絕不爽約，因此人稱「老忠實」(Old Faithful)。烏鴉就像「老忠實」，流浪者只要抬頭一望，牠便在左右。當一個人的生命裏面只剩下死亡是唯一可信，可靠的，他處境的可哀、心境的淒苦，想起來能不叫人寒慄？

烏鴉的確忠實。代表牠的鋼琴伴奏一直都是留在高音譜號部分，表示牠是在主角頭頂上空盤旋。直到歌曲的最後一句，流浪者請求祂：「伴我直走進墳墓」，左手的音樂才轉入低音譜號，結束全曲的時候，更一直下趨，最後降至全曲最低：比中央 C 還低兩個音階的低音 C。就是深入黃泉，烏鴉也沒有離開流浪者半步。

---

67 噴泉噴發相隔的時間按上一次噴發時間的長短而定。上一次的噴發時間如果短於兩分半鐘，約60分鐘後便再噴發；如果超過兩分半鐘，相隔時間便延至91分鐘。

16 Letzte Hoffnung 最後的希望 第 xxxii 頁

歐·亨利[68]（O. Henry, 1862–1910）是一位多產的美國短篇小說作家。他的短篇小說：《最後一葉》（*The Last Leaf*）說到紐約某一冬天， 一位貧病交加的年青女畫家，把她的生命寄託在攀附窗外牆上的長春藤，認定她的生命將會隨同長春藤最後的一片葉離開世界。可是經過整晚的淒風冷雨，她竟然發現長春藤還剩下一片孤葉，屹立未落。原來在那風雨交加的黑夜，她鄰居的一位老畫家，冒着嚴寒，連夜在牆上繪下這最後一葉。老畫家也因此染上肺炎病逝。年青的女畫家，因為那片不落之葉，受到很大的鼓舞，最終戰勝了病魔。在這首〈最後的希望〉裏面，主角也是把他生命的希望放在一片在寒風中掙扎的殘葉之上，只是他沒有那位女畫家的幸運，沒有老畫家給他冒死繪上一片不落的樹葉。

歌曲開始的四節，鋼琴奏出零散、忽高忽低、跳躍不定的單音，並幾響和弦，不少還加上重音符號：>，把節奏攪亂，聽起來給人一種散亂、不規則的感覺，

---

68 歐·亨利是美國一名多產短篇小說家威廉·薛尼·波特（William Sydney Porter）的筆名。他的作品超過四百篇，多是矯情傷感，故意賺人眼淚之作。文學界對他的評價不高，卻很受大眾讀者歡迎。他最為人知的作品應數《無上的禮物》（*The Gift of the Magi*）。（Magi 是從東方到伯利恆朝見新生耶穌的博士。他們的禮物是獻給新生王，是最誠摯、最珍貴的。所以在這裏譯為無上的禮物。）故事是講述一對貧窮的夫婦，聖誕節的時候，丈夫把祖傳的袋錶典當，給太太美麗的長頭髮買漂亮的梳篦；而太太卻恰好把她長髮剪短賣掉，為丈夫買一條珍貴的錶鏈。他們給對方的聖誕禮物雖然都不能用上，但所蘊藏的犧牲和愛，卻是「無上的禮物」。這個故事也不知多少次被改編成舞台劇、電影、卡通或電視劇集的橋段。

然而卻是「未成曲調先有情。」每次聽到這幾節音樂，我都不期然想起唐詩人李商隱《落花》一詩的首聯：「高閣客竟去，小園花亂飛。」只是這裏描寫的不是花的亂飛，而是葉的亂墜，突出的意境是「亂」：零散、沒有秩序，和「飛」：不是靜態，是充滿動感。一時這裏，一時那裏，一時從高枝，一時由低椏，殘葉，沒有計劃，沒有秩序，沒有節奏地，一片一片的落下。音樂停了下來，舒伯特還加上一個延音號，讓奏者、聽者，隨意盡量攝取這落葉滿園的景象。然後，唱者唱出詩的第一句：「這裏，那裏，幾許殘葉/零零星星掛在樹的高枝。」流浪者站在滿園落葉的一株半禿樹下，無語沉思的圖像便栩栩如生地呈現聽者的眼前了。

詩第二節的開始，流浪者把希望寄放在一片殘葉之上。冬天的樹葉就是沒有「朝來寒雨晚來風」，掉落是必然的事，不能逆轉，不能抗拒。流浪者把希望寄放在殘葉之上，並不是寄望殘葉可以不落，戰勝嚴冬。只是他覺得自己就像一片殘葉，要從殘葉那裏找尋自己，要為殘葉寫上自己的輓歌。開始的時候在伴奏音樂中我們還可以聽到樹葉一片片的下墜。到了第二節詩最後的一句，主角把注意力集中在一片殘葉，心隨着它在風中顫抖（Zittr' ich, was ich zittern kann），音樂便不像引子和第一節一樣的零散、跳動，改成音域相差不大，或連音或斷音，延綿的樂句，配合歌詞裏面 "Zittr' …… zittern" 的發音，給人哆嗦、顫抖的印象，活畫顫動的葉、戰慄的心。

音樂到了第三節又有了改變。歌詞第一、二句的伴奏音樂，左手低音部分基本上都是斷音，右手一音一頓，聽起來葉的顫動比第二節的時候更大，似乎漸呈不穩。到了詩第三句結束的時候，左右手奏的音樂一樣，只是相距一個音階，左手低音先開始，右手慢四分一拍緊緊跟隨，都是單音，從降 A 開始，一小節之內直降兩個音階，到另一降 A 才停止。到唱者開始唱最後一句的時候，更從再低一個音的降 B 開始，清楚表示落葉跟人的心情，一先一後，從高處落到地面。舒伯特把詩最後的一句："Wein' auf meiner Hoffnung Grab." 重複一次，每句的 "wein"（哭泣）字也重複一次。第一次，第一個 "wein" 字是從降 B 升到降 E，第二個從 D 降至 C，到了重複這句詩的時候，第一個 "wein" 字卻是從降 B 升到 G，比第一次升高了個半音，而第二個不再是降一個音，而是再升個半音，從 A 到 C，這令聽者感到撕裂靈魂的酸楚。不少演唱者都以強音唱出這四個 "wein" 字，好像向天質問似的，我卻以為不用強音唱出更為悽婉，更能得風人之旨。

17　Im Dorfe 過某村

第 xxxiv 頁

〈連頓樹〉從開始便是《冬之旅》裏面最受聽眾歡迎的一首。〈過某村〉雖然不像〈連頓樹〉一樣，令人一聽驚豔，旋律縈繞心中，恆久難忘，但層次、境界，尤其是在文字上，卻是更曲折、高遠，頗耐細嚼、品嘗。

哀悼過冷風中殞落的一片殘葉，告別了他最後的希望，主人翁夜裏走過一個村莊。我們不曉得他是否想在那裏歇一個晚上，如果他這樣想，全曲的引子音樂清楚地告訴我們他是不受歡迎的。在唱者還未開始唱之前，鋼琴奏出低沉的嗥號，是村犬，搖着綁住牠們鏈子的吠聲。見到陌生人的犬吠，有不同的幾種。一種是斷斷續續的兩三聲，向來人表示牠的存在；另外一種，聲量很大，急促、連續，對象並不是陌生的來客，而是其他的人等，特別是牠的主人，提醒他們有陌生人來了，要小心。另外一種，是在喉底深處發出來低沉的吼聲，音量不大，音調不高，但卻是充滿威脅性，那是警告來者，這是我的範圍，不容侵犯，趕快止步。這裏引子五小節的鋼琴音樂，描寫的就是這種充滿敵意、陰沉，令人戰慄的犬吠。

這些狺狺而吠兇惡的村犬究竟守衛着甚麼？牠們主人的安全？牠們主人的財富？全都不是！詩人告訴我們村犬的主人正臥在被窩裏面尋找他們在生活中未曾得到過的，雖然明明曉得第二天早上，只要一睜開眼睛便都煙消雲散的美夢。村犬所保護的，兇巴巴地不讓陌生人接近的，就只是他們主人的這些幻夢。在伴奏的音樂裏面，舒伯特跟這些兇惡的村犬，和牠們的主人開了一個大玩笑：引子開始，充滿敵意、威脅性，描寫犬吠的音樂，到了描寫房子裏面的犬主發着他們美夢的時候，沒有怎樣改變音調和節奏，只在每樂句結束前加了兩聲快速的碎音（acciaccatura），就變得像睡着的人扯鼾時的噴氣，輕而易舉，兇惡的犬吠就都變成了包裹幻夢，傻兮兮、混混噩噩的鼾聲了。這些幽默，這種諷刺，使人為舒伯特的天才拍案叫絕。

曲子裏接下來以"Je nun"開始的三句，感情、意境，可便複雜精彩了。"Je nun"不容易翻譯，就像英文口語的"well"，是個沒有意義，過場時用以填補空檔，英文稱為"filler term"的語詞。在這裏姑且譯為「然而」。這三句不再只是客觀的描寫，而是流浪者主觀的評述：雖然明明知道這只是虛幻的夢想，轉眼成空，但一次再次，村裏面的人仍然樂意回到枕邊，繼續找尋這些短暫的安慰和滿足。舒伯特為這三句，配上優美、明朗的音樂，我們聽不到惡犬充滿敵意的低嗥，也聽不見村人混沌的鼾聲，特別是「然而」（je nun）、「希望」（hoffen）這兩個詞，唱來和悦溫柔，充滿企盼：村裏面的人正在好夢中尋找短暫、虛幻的慰藉；流浪者，《冬之旅》的主人翁對村人的尋夢又是怎樣的看法呢？

讀者大抵都聽到過《莊子·秋水》的故事：惠子在梁國為相，莊子到梁國。有人告訴惠子：「莊子將要取代你作梁國的宰相了。」惠子擔心起來，派人搜捕莊子，三日三夜。莊子知道了，告訴惠子下面的故事：南方有鳥，其名為鵷鶵，牠不是梧桐枝子不棲息，不是竹的果實不吃，不是醴泉的水不飲。一隻鴟鳥找到一隻腐臭的死老鼠，看到鵷鶵從上面飛過，怕牠來搶那隻腐鼠，忙不迭發出「嚇！嚇！」的叫聲，威脅鵷鶵不要飛得太近。故事說完，莊子譏諷惠子說：「你是怕我搶你的梁國，而『嚇』我！？」意思是梁國宰相，他又怎會瞧得上眼，和惠子競奪？村人的幻夢對於流浪者，就像梁國的相位之於莊子，他已經明白清楚都是虛幻、無憑。全曲結束的時候，主角對把他趕走，不讓他眷戀這些眩惑迷夢的村犬感謝不已，又怎會羨慕村人的迷夢？他只會可憐、嘲笑他們的愚昧、無知。大多數演唱《冬之旅》的都是持這個看法，唱這幾句的時候不是流露對村人的可憐，便是對他們譏誚，甚至更有帶鄙夷態度的。著名女中高音法斯賓德（Brigitte Fassbaender）的錄音，就是這種演繹的表表者。她唱到「枕頭」（Kissen）這個字，我們感覺到她像是要把這些把人帶進幻夢的工具厭惡地推開似的。

上述的看法雖然佔多數，卻不是唯一的，也有人認為流浪者對村人瞬息即逝，夢中所得的安慰，仍然是十分羨慕，巴不得也能鑽進被窩，倚着枕頭，追索同樣的夢境。持這種看法的人指出，如果流浪者不是有過這樣的企盼，他離開的時候對向他狺狺而吠的村犬的態度應該是斥責，諷刺牠們：「不知腐鼠成滋味，猜意鵷鶵竟未休」；「欲以子之梁國而嚇我邪？！」不應該是感謝牠們。流浪者感謝村犬，是因為牠們吠聲的威脅，令他驚覺離開，不至重蹈覆轍，再次墜入網羅，可見他開始對村人的生活仍然是眷戀的。菲舍爾—迪斯考（Dietrich Fischer-Dieskau, 1925–2012）在他和鋼琴家布倫德爾（Alfred Brendel）合作的錄音裏面，唱到全曲結束的一句：「既已覺醒又何必回頭依依眷戀」特別提高了音量，似乎恐怕不是對自己這樣大聲提醒，便會走回頭路，他的演繹可算是傾向「羨慕」的方面了。然而，持這種看法的最佳演繹，非英男高音皮爾斯（Peter Pears, 1910–1986）上世紀六十年代由布里滕(Benjamin Britten, 1913–1976) 伴奏的錄音莫屬了。他唱來，特別在「然而 」（je nun）之後，全曲的後半，節奏較慢，音聲輕柔，唱到「枕頭」（Kissen）一字，更是充滿無限依戀，就像要埋首在它的輕暖溫柔當中，享受夢中片刻的慰藉，和法斯賓德的演繹大異其趣。聽過他的演繹，卻不由得不感到這才是〈過某村〉這首歌的正解。

18 Der stürmische Morgen 風暴的早晨 第 xxxvi 頁

這是《冬之旅》廿四首歌曲裏面最短的一首：主角在一個風暴的早晨，望着烏雲滿天，雷轟電閃，說：這是我心境的真實寫照，這才是愜我意的清晨。然而，這麼簡短，唱起來大概一分鐘左右的小曲，無論音樂上、內容上，在整套組曲裏面卻負有一個相當重要的任務。先從音樂說起，自從 #2〈風信標〉以後，再沒有一首像它這樣粗獷、充滿激情的歌曲；#13〈郵車〉以後，這首短曲之前的四首，就更是鬱結、哀傷、沉重。無論演奏者、聽眾，都有點被壓得透不過氣來的感覺。舒伯特給〈風暴的早晨〉的指引是：稍快，但快而有力（ziemlich geschwind, doch kräftig）。鋼琴引子開始的樂句，不到兩小節便用了六個強音符號（accent），最後更以突強（*forzando Ffz*）的一聲和弦作結。一面活畫出狂飇撕破天幕，電閃火舌騰躍，烏雲四處竄闖撞擊的景象，一面也是給奏者、唱者、聽者，長久抑壓的感情一個缺口，讓它可以充份發洩。否則他們的情緒可能沒有辦法耐到最後一曲：〈搖琴的老人〉了。

有論者指出，主角在 #12〈孤獨〉結束時說：「但願烏雲滿天，風雪暴烈，這會消滅我的憤慨不平。」在這首詩裏面好像得償所願了。[69] 其實，如果我們仔細一點去看，主角所願並未得償，這個早晨的風暴並不是他在第十二首所希望，可以減輕他憤懣不平的風暴。前面討論〈孤獨〉的時候，我指出主角雖然經過很多光明

---

69 Graham Johnson, *Notes for Winterreise.* Hyperion CDJ 33030, p.76

快樂生活的環繞，但卻沒有人和他招呼，向他問好。世界根本就不關心有過他這麼一個人，就像他未曾存在過一樣。他經過的沒有讓他帶走任何回憶，快樂的固不用說了，就是負面的，惹起他的反抗，讓他咒罵，要他想辦法克服、忘記的都沒有。周圍的世界和他絕了緣。他經驗的是在茫茫天地中，竟然沒有一個接觸點的孤獨，這比被世界排斥要痛苦多千萬倍。所以他大聲呼喊「啊！但願烏雲滿天，風雪暴烈，這會消滅我心中的憤慨不平。」烏雲滿天，風雪暴烈，他還有一個要鬬爭、克服的對象，還不至完完全全的孤獨。#12〈孤獨〉裏面，主角盼望的是一個外在，與他為敵，激起他反抗、鬬爭的風暴。然而，這裏第十八首的風暴，卻是他內在心境的寫真，和他在〈孤獨〉所盼望，一個抗爭的對象，是完全不同的兩回事。

《冬之旅》前半部十二首，不少提到主人翁的內心世界，就如：#3〈凝結的淚〉：「眼淚啊，我的眼淚！……可知道，我的心——/你的源頭是何等洶湧熾熱，/就像能夠化掉/冬季的八方冰雪。」；#7〈河上〉：「我的心哪，在這河冰之上，/有沒有看到你自己的真象？/外面冷寞無情，寡言寂靜，/裏面洶湧澎湃，起伏難平？」；#10〈休息〉：「心哪！你不也是和他們一樣，/希望重回與風雪搏鬬的戰場？」可是到了後半部，卻一直待到這裏的第十八首，主人翁才再次檢視他的內心世界，雖然仍然像過去一樣的起伏難平，洶湧澎湃，然而分別可大了，簡直是兩個不同的世界！前半部內心是熾熱的，像要化掉整個冬季積下來的八方冰雪，而這裏卻是：「嚴冬的野獷，嚴冬的冰凍！」從前火般的熾熱，現今變成冰封百尺的酷冷。

熱的洶湧難平，和冷的撕裂拼鬬有甚麼不同？《冬之旅》前半部提到熱的內心洶湧難平是外向的，他熾熱的感情是有對象的：要重拾舊愛，要抱緊回憶，把自己痛苦的經驗昇華成要普渡眾生，化掉整個冬季的冰雪。甚至沒有甚麼特別的目的，但總是不能停下來休息，一停下來就像被毒蛇噬咬的不安，拼着腳掌如火灼般的痛楚，也要再上路和寒風暴雪搏鬬。可是流浪這種狂熱漸逐消退了，並不是故障太多，而是世界上根本沒有人理會他，沒有敵人，也沒有對手。離開的舊市鎮了無音訊，經過的新村城沒人瞅睬，相伴的就只有覬覦他死後身體作食物的烏鴉，前路就只有一片孤寂（Einsamkeit），天地悠悠，愴然獨對。

〈風暴的早晨〉提到，似嚴冬景象，冷的洶湧難平，是心內情境的描繪，沒有發洩的對像，沒有外在的目的，沒有一己之外的解決方法：並不是對世界不公平的憤懣，不是對舊愛難捨的憶念，沒有消化天地積雪的壯志，也缺乏藐視風雪的豪情。有的只是生命何去何從的悵惘，撕裂靈魂的矛盾，最後希望殞滅的惶恐。〈風暴的早晨〉雖然是《冬之旅》裏面最短的一首，卻是主人翁心路歷程中面對最嚴重的危機，是一個重要轉捩點的標識。

19 Täuschung 幻像

第 xxxviii 頁

討論《冬之旅》#19〈幻像〉的時候，不少論者把它和前半部 #9〈鬼火〉連起來看，因為兩首詩都說到主角跟隨一點燐燐鬼火的引導前行。但如果我們仔細留心閱讀這兩首詩，它們要說的其實非常不一樣。#9〈鬼火〉描寫的是人生，是普及性的：「每個人一生所追求的都是一個夢：他自己選擇的夢。……就像鬼火一樣，沒有實體，只是一個驅使，或者可以說誘發人前進的動力。每個人為了追尋他自己的夢，懸崖深谷，在所不辭，雖九死其猶未悔，不管是否一去不復。鬼火雖然迷離撲朔，但卻不是虛謊，因為它本身不是一個應許，並沒有答應人甚麼。……也並不邪惡，因為跟隨它的不一定是失意而終，詩裏面說得很清楚：『哀愁喜樂開始就只是一點鬼火！』」[70] 然而，〈幻像〉所說的一點燐火並不是普及性的，是對主角個別的引誘，而且是虛假的，結果是海市蜃樓。

〈幻像〉裏面燐火虛假的應許並不是甚麼特別美麗的前景，只是普通一般的日常生活。舒伯特給它寫的音樂，令我們想到在當時奧匈帝國流行的蘭德勒（Ländler）舞曲。蘭德勒是後來風靡全歐的圓舞曲（Waltz，又譯華爾滋）的前身。蘭德勒和圓舞曲都不是上流社會、王侯貴冑的雅樂，而是始自民間，在咖啡店、歌台舞榭流行的俗樂。舒伯特為這首詩配上這樣的音樂是告訴聽者詩裏面燐火所提供的幻像只不過是當時普通升斗市民——蘭德勒舞曲所代表的生活和享

70　見本書第 77–78 頁。

受。主角有沒有墜入網羅，忙不迭跟隨燐火去追尋這些幻夢？從詩的內容看來，流浪者看透它的應許「不過是海市蜃樓」，似乎不會受到它的蠱惑；可是他又說：「它所有的應許我全盤接受」，究竟主人翁對幻像是怎樣的一個態度呢？

主角在《冬之旅》的心路歷程是複雜曲折的。在〈晚安〉失戀之後，他第一個反應是憤慨地指控舊愛的親友，嫌他貧窮，從中作梗，慫恿他的戀人移情別向，嫁作「富人的新娘」。好不容易到了 #7〈河上〉，他才能夠埋葬過去的戀情。然而就像冰封的河，外面雖然平靜無情，裏面還是翻滾不平的。第八首，回顧過去與所愛相戀的日子，他仍然希望有朝一日，再回到舊愛門前，憶念那不回來的過去；#11〈春夢〉，他在〈河上〉立下了墓碑的過去更「來復夢中身」。他在 #10〈休息〉表示只有在路上「亂闖亂轉才精神奕奕」，亟亟要重回與風雪拼搏的戰場。可是只不過四首詩之後，他在〈白頭〉便嗟歎世界上一夜白頭的人不少，為甚麼上天偏偏要他面對「長路漫浩浩」。其實在整個過程中，他仍然不斷聽到連頓樹溫柔的微聲呼喚：「回來吧，朋友！在這裏你可以放下一切煩憂。」到他經過某村的時候，村裏面的人在被窩發着美夢鼾睡對他是莫大的吸引（彼得·皮爾斯的演繹精彩處就是他對主角這種複雜心情的妙悟），如果不是兇惡的村犬，恐怕他便不會再上路了。他離開某村時是有點兒依依的，所以必須大聲提醒自己：「鏡花水月，何必眷戀。」〈風暴的早晨〉描寫的狂飈碎雲，電火裂天，就是他內心的真實寫照，這種暴烈的衝突，是幻夢的眩惑，和徹悟的清醒之間的矛盾。「信言不美，美言不信」，真實往往是不容易接受的。

東坡詩云：「但願生兒愚且魯。」愚且魯往往有它一種混噩的安舒，《冬之旅》主人翁的覺醒，叫他不能再「享受」愚魯帶來的安舒了。

流浪者既已覺悟，沉睡者的幻夢又何必眷戀[71]，應該不會再墜網羅，因此有論者以為詩最後的三句是主人翁懸崖勒馬，把自己從幻夢中拉出來：「這裏，流浪者把自己從沉溺『光明、溫暖的家』的幻夢這種自虐中救拔出來。」[72]阮茵詩指出，這三句的伴奏是重複開始四句的音樂，但刪掉了其中部分，令聽者有突兀、未完足的感覺，表示燐火的引誘未有達到所要達到的結果。我的看法卻是略有不同。燐火的引誘的確沒有完成，但這並不是因為主人翁的自拔，而是燐火的放棄。流浪者在詩最後的幾句說得很清楚：在黝黑苦寒的夜裏，像他這樣一個無家可歸的流浪者，哪還計較甚麼是假是真，只要提到一個光明溫暖的家，便帶來無限慰藉，哪管這是否最大的謊話。這並不像從幻夢中自拔的人所說的話。然而，音樂和開始的四句燐火引誘的音樂相比，又的確給人一種未完結、半途而輟的感覺。既然不是主角自拔，另一個解釋就是燐火自動停止。流浪者就是願意放棄他的醒悟，甘心接受最大的謊話，換取短暫的慰藉，也辦不到，因為他過分的清醒，看透世情，就是引誘他的謊話也不能存在。我們往往羨慕夢覺者，這首歌表面快樂的音樂包裹着他們的哀痛、孤寂，更是叫人哽咽無語，愴然涕下。怪不得接下來的兩首詩，是全組《冬之旅》裏面最悽惋，最使人讀來黯然神傷的兩首了。

---

71 #17〈過某村〉：「既已覺醒又何必回頭依依眷戀。」

72 Susan Youens, *Retracing a Winter's Journey: Schubert's Winterreisse*, p. 271.

20 Der Wegweiser 路標 第 xl 頁

流浪者的旅程在《冬之旅》的下半部像是停滯了下來。#13〈郵車〉、#14〈白頭〉、#16〈最後的希望〉、#18〈風暴的早晨〉、#19〈幻像〉，內容都是主人翁停頓下來的反思。就是 #17〈過某村〉，主角雖然是「走」過某一個村莊，但明顯地是拖慢了腳步，在那裏留連了好一陣子，只是在村犬的不斷吠聲警告下才繼續前行的。這到了〈路標〉便改變了，舒伯特為〈路標〉寫的音樂，像 #1〈晚安〉一樣是步行的音樂（gehender Bewegung），標誌着主人翁又重新認真地踏上冬天的旅程。然而，這次的重上，和以前有一個關鍵的分別。

任何旅程都可以從不同的兩方面去看：離開，和走向。從甲到乙的旅程，是離開甲，但同時也是走向乙。然而，有些旅程只有離開，卻沒有走向，或者說，只重視離開而忽略了走向。我國歷史上著名的隱者，太史公把他們放於《史記 · 列傳》之首的伯夷、叔齊兄弟兩人，就是只有離開，沒有走向的旅程的代表了。他們的隱逸只是離開他們的不滿，並不是走向他們所喜歡的。陶淵明便迄自不同了，他的歸隱固然是離開以心為形役，惆悵獨悲的生活，但同時還是載欣載奔，走向久已向他招手的園田。只有離開，卻沒有走向，「胡為乎遑遑兮欲何之」(《歸去來兮辭》) 的人生旅程，並不會安寧、平靜。《冬之旅》的主角在 #18〈風暴的早晨〉裏面所描寫他心內的掙扎、衝突、狂亂，就是因為他 #1〈晚安〉開始的旅程，只是離開，沒有走向。他在 #8〈回顧〉描述：匆匆忙忙，跌跌撞撞，倉倉皇皇，就是只顧離開，所以直待得他要離開的村鎮的景物都已遠拋身後，他才可以安心走他的路。從〈晚安〉開始直到〈幻像〉，一共十九首詩，過了全組詩的三分之二，主人翁只曾問過要不要回頭，但從未問過：走向哪裏？直到這一首，#20〈路標〉，他才留意到原來路旁有許許多多不同的路標，為不同的旅客，指示不同的目的，他才第一次提出：「往哪裏走？」這個問題。

當流浪者反省自己的處境，認真考慮自己到底要繼續怎樣走前面的路，他再不像從前那樣認定是別人嫌棄他，故意把他排擠。他問他自己：「為甚麼要避開通衢大道⋯⋯自尋怪石鬪嶙峋？」正如陶淵明的鄰居親友的勸告：「一世皆尚同，願君汩其泥。」(《飲酒二十首》(其九))為甚麼硬要與世相違，而不肯尚同從眾？在詩的第二節他表示自己並沒有做過甚麼惹人討厭的事，又何必愚頑地（törichtes）自我與世疏離。到了第三節，他發現人生的路旁，原來豎滿了不同的路標，有很多不同的路可以走，而他也有點厭倦這種終日遑遑兮欲何之的生活，希望能夠休息。「沒有休息地尋找休息」(Ohne Ruh', und suche Ruh'.)，慕勒這樣描述流浪者的追索，就是要突顯他這種行為，和內心的矛盾。主人翁所要找的休息並不是停下來，甚麼事情都不作，他要找尋的是內心平靜、清明，不再像〈風暴的早晨〉裏面所描寫的掙扎、矛盾。只要心境安舒、寧恬，知道甚麼是該走的路，那就是繼續前行，主角就已經尋到他所要的休息了。

在第四節，流浪者終於找到一個毫無猶疑地指出他要走的方向的路標。音樂在唱者還未開始唱之前已經讓聽者聽到這個消息。兩小節，八個 G 斷音，帶出唱者的音樂，而唱的第一、二句，開始的十七個音也全都是G。鋼琴、人聲合起來這一連串的二十五個G，就像雕石工人，把指示流浪者要走的路標，一下一下深深鑿入流浪者的心內。舒伯特把詩的第三句"Suche mir versteckte Stege"（它指向一條我必須走的路）重複兩次。第一次，八個音都是比G高一個半音的降B，重複的時候，又再提高一個半音，一連八個都是降D，這兩次各提升一度半的十六個音，就更是加勁一槌一槌地把這條要走的路，深深地銘刻流浪者的心坎，結句「未曾有人從那裏返過回頭」，才從降D漸逐下降至升F，然後返回G。經過這三十多下的刻鑿，流浪者應該再難忘記這個路標，永遠不會再走回頭了。然而全曲還未就此結束，舒伯特把第四節全節，在文字和音樂上只少作更改，再重複一次，然後才全曲告終。

重複第四節的時候，不像第一次，舒伯特沒有重複第三句，但卻重複了最後一句：「未曾有人從那裏返過回頭」。音樂上，鋼琴的伴奏音樂也和前面不同。第一、二、三，三句，六小節，每節兩拍，鋼琴伴奏只是三個音。中間廿四個（中央C下的）G，一節四個，每個半拍。在它之上和下的兩個音，每節一個，每個兩拍。第一節的四個G，上面伴的是高六度的F，下面是低十一度，差不多兩個音階的降B。然後，每小節上面的音下降半度，下面的上升半度，到了第六小節，上面的已經降至中央C，而下面的則升至E。音量更漸逐增強（crescendo）。中間廿四個不變的G就像飛機跑道中央的白線，上、下伴奏的兩個琴音像是兩旁的伴跑、護航者，它們慢慢靠向中央，收窄跑道，讓飛機升空時，不會偏左或偏右，乖離方向。唱的音樂，首三句，無論第一次，或重複的第二次，只有兩個音：G和降B：開始是一連十七個G，接下來連續八個降B，這些重複的樂音再不似鑿石的槌聲，而是主角上路前待發，加強衝力的「蓄勢」(有似飛機升空前加強機器的運轉)。唱者六小節合共只有兩個音的樂句，可以說單調得不能再單調，簡直算不得是甚麼樂句，但這裏給聽者帶來張力之大，直是叫人透不過氣來，實在是天才創作的音樂「奇跡」。

《冬之旅》主人翁看到的究竟是甚麼路標？路標指示他走一條甚麼的路？詩裏面沒有說清楚。不少論者因為詩的最後一句：「未曾有人從那裏返過回頭」，便認定所指的是瞧死亡走的不歸路，這個看法我不敢苟同。「大抵為人土一丘」，所有人生的路向，所有路標都是以死亡結束的。這慕勒知得很清楚。他在#9〈鬼火〉已經說過：「人生種種哀愁悲苦，/最終都埋葬黃土一丘。」主角在這裏看到的路標應該不是朝死亡走的不歸路。那又是甚麼一條路呢？這便要待得全組詩結束的時候才有分曉了。

21 Das Wirtshaus 客舍

第 xlii 頁

《冬之旅》廿四首詩描寫的是一位失戀者冬天的旅程，「冬天」不單是他內在的心境，同時也是外在的實況：主角是在冷酷的冰天雪地中走他的路。在這廿四首詩裏面我們見不到代表歡欣的花朵，見到的只是落葉、枯枝；也看不到象徵生命和希望的綠色，看到的只是積雪的皓白、殘葉的枯黃、烏鴉的墨黑。詩裏面如果提到花、提到綠不是回憶，便是夢境，都非現實。唯一一首，主人翁在現實中見到花、看到綠，就是這第廿一首：〈客舍〉，然而，那並沒有為主人翁、讀者，帶來任何的快慰，因為這個「放置許多翠綠花環」，在裏面主人翁看到花、見到綠的「陰涼客棧」，原來是個埋葬死人的墓園。《冬之旅》和我們在時間和空間上都有很大的距離，詩裏面提到「翠綠的花環」為在當時居住維也納的舒伯特帶來跟今日的中國讀者很不同的聯想，喚起很不同的感受。

格林津（Grinzing）是維也納西北近郊的產酒區，以 Heurige（新酒）聞名於世。今日，從維也納市中心，坐公共交通工具，大約個多小時，便可以抵達。Heurige 是 Heuriger Wein ，（本年度（heurige）的酒（Wein））的縮寫，同時也兼指賣這種新酒的專門酒肆。這些酒肆附設於不同的葡萄園酒莊旁邊，就只在每年的秋天新酒釀成的幾個星期開業，專門販賣該葡萄園出產的新酒。有些酒肆供應簡單的食物，不少只賣新酒和果汁，光顧的客人得自攜食物。在出產新酒的季節，Heurige 高朋滿座，載舞載歌，通宵達旦。到新酒停產便都結束營業，有待來年了。每年秋天，一到有新酒供應，它們便在大門上掛一個翠綠的花環，宣告開始營業，歡近光臨。舒伯特嗜好新酒，是格林津新酒專賣店的常客。翠綠的花環在他心中象徵：活潑、歡樂、友情。然而在慕勒的詩裏面，這帶正面象徵意義的花環卻是出現在代表死亡的墓園裏面，這是一個極大的反諷，也刻劃出流浪者處境的悲涼：與世相違的《冬之旅》主人翁，他的快樂、溫暖、安慰，只能希冀在死亡裏面找到。然而，就是想要在死亡之內找到安息也不能如願得償。韓國詩人成三問（1418–1456）的詩句：「黃泉無客店，今夜宿誰家？」已是十分哀惋；這裏，客店是有的，但客舍主人卻告訴流浪者已經客滿，不能給予他枕首之地、安歇之所，那就更叫人感到沉重的無奈。舒伯特讀到這首詩能不郗吁神傷？！

這首歌曲的節奏是《冬之旅》廿四首裏面最慢的一首，舒伯特給它寫下的的指引是「十分緩慢」（sehr langsam）。整首歌給聽者的印象是困倦：身和心都異常困倦。歌的旋律平靜簡單，和 #5〈連頓樹〉一樣最接近民歌，最大眾化、最容易上口。流浪者循着他要走的路，疲乏地走到一個墓園的門前。他以為已經走完了在世之路，可以在那裏安眠。然而，這也不能如他的意。第四節告訴我們，墓園已經客滿，沒有可以讓他在那裏安身之所。雖然意外地失望，但音樂並沒有流露出絲毫的哀怨、忿懣。主角知道不能在那裏安歇的壞消息，只是平靜地對伴他同行的枴杖說：「那就上路吧，繼續上路吧！」很多人聽到這一句，認為主角逆來順受，喪失了鬬志。我的看法卻不一樣，這一句讓我想到基督教新約聖經，記載耶穌上十字架前，在客西馬尼園祈禱說：「我父啊，倘若可行，求你叫這杯離開我。⋯⋯若不能離開我，必要我喝，就願你的意旨成全。」[73]流浪者在前一首〈路標〉已經知道當走的路是甚麼，他在墓園前未能得到冀盼的安息，毅然接受繼續走完應走的路。舒伯特把詩的末句重複了一次，就像主角多說一次，加強鼓勵自己，勇敢地接受前面等着他走的路。全曲就在雖然是疲倦，但並不沮喪；蹣跚，卻沒有自憐，向前邁進的音樂中結束。這是整套《冬之旅》組曲裏面最攬人懷抱的一刻。

---

73 《新約聖經．馬太福音》26：39–42。

22 Mut! 勇氣

第 xliv 頁

就演唱的時間而言。〈勇氣〉僅比《冬之旅》最短的〈風暴的早晨〉長半分鐘左右。根據樂評人卡佩爾，這首短歌備受聽眾歡迎，除〈連頓樹〉外，是《冬之旅》中最常被選入演唱會的曲目。[74]然而，這短短一首歌，引起很多的問題，不同人有不同的看法，對怎樣了解《冬之旅》的中心思想有相當重要的影響。

本書前面提到過，在發現廿四首版本《冬之旅》之前舒伯特已經把初版的十二首《冬之旅》譜成歌曲，並且排好了版，準備付梓。當他發現原來還有廿四首的版本，他便把已排版的十二首當作《冬之旅》第一部分出版；慕勒後加的十二首，按它們在廿四首版出現的先後次序，譜上音樂，和前十二首分開，作為《冬之旅》的第二部分出版。唯一的更動，就是把〈勇氣〉，和〈虛謊的太陽〉的次序互易：本來排倒數第二的〈勇氣〉成了倒數第三，本來在前面的〈虛謊的太陽〉放到倒數第二，把〈勇氣〉和最後一首〈搖琴的老人〉隔開。舒伯特為甚麼這樣改變詩人慕勒原來的排序呢？

很多人認為這個更動主要是為了音樂上的理由。〈客舍〉和〈虛謊的太陽〉都是抑鬱、悽愴，放在一起，聽眾可能有點吃不消，情緒在這兩首歌之間需要宣洩。〈勇氣〉節奏快促、有力，舒伯特所給的指引是「快而有力」(ziemlich geschwind, kräftig)；感情亢奮、高昂，右手鋼琴伴奏音樂，在唱者唱出最後一句之前，連跨四個音階，直升到比高音 C (high C) 更高八度的 C，

74 Richard Capell, *Schubert's Songs*, p. 239.

這樣的高峰，這樣幅度的急升，在整套《冬之旅》裏面未曾一見；而全曲唱來不用分半鐘，正是兩首沉鬱歌曲之間最好的間奏。這個看法固然有道理，但除了音樂上的理由外，在《冬之旅》內容思想的進程上，這個次序的改動也是重要的，莊遜甚至稱之為「絕對，關鍵的（absolutely crucial）更改。」他說：「慕勒把〈勇氣〉放在倒數第二位，讓它把主角帶回真實世界，和搖琴的老人相遇。而舒伯特對〈搖琴的老人〉有較陰暗的看法，所以把本來放在〈勇氣〉之前，情調哀傷的〈虛謊的太陽〉，改作它的導引。」[75] 莊遜的看法的有見地，在討論下一首〈虛謊的太陽〉的時候，再和各位詳細討論。

阮茵詩在討論〈勇氣〉的時候說：「流浪者在〈勇氣〉裏面的否定『命運，神的存在』不過是虛張聲勢。這首歌曲沒有半點光明、快樂，無論文字和音樂都給人揑緊拳頭在說的印象……這首普羅米修斯絕望之歌正正肯定了流浪者所嘗試要否定的。」[76] 她指出流浪者在詩的第一節，把他自己的心視為內在掙扎的對手，在第二節便再沒有用「我」作為任何一句的主詞了。首三句都是以動詞："höre"（聽）、"habe"（有）、"fühle"（感到）開始。這一方面固然強調了主角的行動，另一方面也暗示，他既然違背他自己的心，他的行為便都是虛假的，他再不能誠實地說，這是出於他的真我的行為了。主角在這裏嘲笑命運，否定神的存在，都只是裝腔作勢，其實沒有一個字是他真心相信的。的確像阮茵詩所說，這首歌無論在文字上，抑音樂上都不是光

75 Graham Johnson, *Notes for Winterreise*. Hyperion CDJ 33030, p. 92.

76 Susan Youens, *Retracing a Winter's Journey: Schubert's Winterreise*, p. 286.

明的、快樂的，但我卻不同意她認為主角這裏所說的是虛張聲勢的假、大、空。

我們生活在廿一世紀，又不是在傳統歐洲文化中長大的人，往往不明白神在十九世紀歐洲人心中，和文化上的地位。神存在不是一個科學的命題，否定神的存在不是像今日否定雷公、電母的存在一樣。神，從廣的角度而言，牽涉到文化的各方面，從深的角度去看，滲透了各層面。今日很多人覺得否定神的存在是輕鬆的破除迷信，這不是十九世紀歐洲知識份子的態度。就是以宣佈「神死了」而備知於世的尼采對神死亡後的世界是這樣描述的：

當我們把地球和太陽的聯繫解開，我們到底幹的是甚麼？現在它往哪裏去？我們又往哪裏去？離開所有的太陽？我們不是不斷在下墜嗎？向後、向邊、向前、向各個不同的方向「漂流」嗎？還可以分出甚麼是上或下嗎？我們不是漂向無盡的虛無嗎？我們不是感到虛空的呼氣嗎？不是越來越冷，黑夜不斷地逼近嗎？我們不是在早晨也要點着燈嗎？神已經死了。[77]

在十九世紀的歐洲，否認神的存在，也就像〈勇氣〉最後一句，肯定「我就是生命主宰」(Sind wir selber Götter.)。各位請留心，慕勒詩裏面這最後一句："Sind wir selber Götter." 用的代名詞不是單數的「我」(ich)，而是眾數的「我們」(wir)，因為如果沒有神，所有人都是神。你怎樣在眾神當中作你自己的主宰？羣龍無首

77 Friedrich Nietzsche, *Die Fröhliche Wissenschaft*, Book III, section 125, "Der tolle Mensch".

是否便真的是吉？[78]「宇宙中沒有神」的體悟帶來的並不是自由的欣喜，而是要解決上面尼采所指出：不斷的下墜、無定向的漂流、逼近的寒冷、嚇人的黑暗、羣龍無首的混亂⋯⋯這種種問題的責任，隨之而來的戰慄和恐懼。神死了，也就表示當時歐洲人所認識的文化、價值基礎，全都隨之而逝。尼采哲學的終極目的就是一切價值的重建，因為如果神死了，以前的社會、道德結構，也便沒有了基礎，土崩瓦壞，人必須在這些頹垣敗瓦中，立下新的基石，重建新的價值架構。

這首詩裏面所指的勇氣並不是否定神存在的勇氣，而是否定神的存在以後，卻仍然繼續活下去的勇氣。流浪者在第廿首看到的路標，指示他要走的路，第廿一首被墓園拒絕讓他安眠，告訴拐杖：「繼續上路吧」的路，就是沒有神，完全由他自我主宰的路。他要求的勇氣就是過沒有神，自我主宰生活的勇氣。詩裏面沒有光明、快樂，不是因為流浪者覺得自己虛假，而是因為當他毅然接受走自己主宰的前路，他深深認識到隨之而來是祈克果（Søren Kierkegaard, 1813–1855）所謂的戰慄與恐懼（fear and trembling）。今日的人看不到沒有神所令人慄懼的地方，也就不能體會流浪者當下的心境。〈勇氣〉是一首真摯、誠實、動人的歌曲。

78 《易經．乾卦》：「用九：見羣龍無首。吉。」

23 Die Nebensonnen 虛謊的太陽

第 xlvi 頁

這首歌的題目原文是 *Die Nebensonnen* ，"neben" 是「旁邊」的意思，直譯應譯為：〈旁邊（或在一旁）的太陽〉。但英文多譯為 *The Mock Suns* ，"mock" 有「虛假」、「嘲弄」的意思，在這裏譯為〈虛謊的太陽〉，虛「謊」，因為那兩個先離主人翁而去的太陽，不單是假，還有點兒欺騙了主人翁，所以是謊。

莊遜認為舒伯特把這首詩和〈勇氣〉互易次序是「絕對關鍵的更改」，把〈勇氣〉放在〈搖琴的老人〉前一首，很容易叫人覺得主人翁尋得的勇氣驅使他離開自我隔離的世界，恢復和他人接觸，而第一個接觸的便是搖琴的老人。然而把〈虛謊的太陽〉插在〈勇氣〉和〈搖琴的老人〉之間，給人的印象是，他尋得了勇氣後，首先要面對的是怎樣活在〈虛謊的太陽〉裏面所描繪的世界，而〈搖琴的老人〉就給他提供了如何面對，如何在那樣的世界中活下去的答案。換言之，莊遜把〈勇氣〉視為主人翁旅程的分水嶺：之前的經歷，置諸腦後，接下來是他怎樣鼓勇前行。按舒伯特的安排，〈虛謊的太陽〉和〈搖琴的老人〉都是尋得勇氣之後的事。我同意莊遜的看法，舒伯特的安排，較慕勒的安排，給全組詩帶來更深、更豐富的意境。

詩裏面提到三個太陽出現天上，雖然並不常見，但卻真是會發生的自然現象，氣象學上稱為幻日（Parhelia），是大氣中的冰粒晶體折射陽光，在太陽的一邊，或兩邊，同一高度的地方構成光體，通常是在太陽近地平線的時候出現。幻日在地球任何地方都可以發生。但往往並不十分明亮。詩人利用這不常見的自然現象紓洩他的情懷：他以為三個太陽對他都情如金石，忠貞不貳，誰知其中他喜歡的兩個轉瞬便離他而去，了無影踪。他在詩最後的一句嗟歎：寧願剩下的太陽也隨其他兩個消逝，那他可活得更自由自在。這首詩不是寫景之作，幻日如何形成無須深究；但三個太陽象徵甚麼，卻非探個明白不可。

絕大部分的人都把那兩個一早離流浪者而去的「虛謊的太陽」視為拋棄他的舊愛的一對眼睛。阮茵詩可以當這大多數人的代表。她說：「對三個太陽有不同的解釋（一位作者建議，它們代表保羅[79]所說的信、望、愛），但最明顯的解讀（the most obvious reading）也就是正確的一個：那兩個虛幻的太陽是（主角）舊愛的眼睛。」[80]我可不能同意這個看法。

為甚麼把那兩個先離去的虛幻的太陽視為流浪者舊愛的一雙眼睛是「最明顯」（most obvious）的解讀呢？阮茵詩提出慕勒1827年所寫的一首詩《兩顆星星》（*Die zweie Sterne*）為佐證。在那首詩裏面，慕勒以天上兩顆星星象徵他所愛的眼睛。然而，曾經在其他的詩作裏面以星星比喻愛人的眼睛，並不證明這首詩裏面寫到的兩枚幻日便也是以此象徵愛人的眼睛。固然星星和幻日同是天象，但怎樣從以星星比喻眼睛，便推出幻日也是比喻眼睛，卻一點也不明顯，起碼是勉強拐彎曲折的幾級跳。以星星比喻眼睛的詩歌比比皆是，如兒歌「一閃一閃亮晶晶，⋯⋯好像許多小眼睛」便是一

79　基督教的使徒保羅（Apostle Paul），他在哥林多前書（13：13）寫道：「而今常存的有信、有望、有愛這三樣，其中最大的是愛。」

80　Susan Youens, *Retracing a Winter's Journey: Schubert's Winterreise*, p. 290.

例了。但以太陽比喻眼睛，我可一時想不到其他的例子。如果能舉出一兩首以太陽比喻眼睛的詩，就是作者不是慕勒自己，我覺得比現在舉慕勒的《兩顆星星》為佐證，說服力要強得多。

就是接受三個太陽裏面，最先離開的兩個是主人翁舊愛的眼睛，還有一個重要的問題未解決：第三枚太陽又是象徵甚麼呢？如果說第三枚太陽沒有象徵甚麼，是現實的真太陽，那這首詩最後一句可便難解釋了。為甚麼被愛人拋棄了，便連真實的太陽也討厭起來，要它也隨而消滅呢？兩者有甚麼關係？或曰：愛人離開，主人翁自己也沒有生趣，沒有太陽，也就沒有生命，詩的末句就是表示，沒有了所愛的兩個太陽，主人翁便寧願死亡。然而，詩最後的一句並沒有說他想結束自己的生命，願意跟着第三枚太陽一同消逝，而是希望第三個太陽消逝，好叫他在黝黑中活得更自由自在（Im Dunkeln wird mir wohler sein.）！"Wohl" 是「好」的意思，"wohler" 就是「更好」的意思，假使第三個太陽如願殞滅，主人翁並不是要和它一同消失，而是會獨自活得更好。如果第三個太陽不是真實的太陽，和兩個消失的一樣，也是一個象徵，那它到底象徵甚麼呢？阮茵詩輕易地排除三顆太陽代表信、望、愛的建議，好像這個建議荒謬得不值一哂，我倒覺得這個建議饒有意義，應該好好的考慮一下。

三個太陽代表信、望、愛的建議根據卡佩爾（他也是阮茵詩所說的來源）是霍斯——史徐威司（Arthur Henry Fox Strangways, 1859–1948）提出的，不過不是如阮茵詩所說代表信、望、愛，而是愛、望，和生命（Life）。[81] 當莊遜引述霍斯—史徐威司這個意見的時候，三個太陽代表的卻變成是信、望、和生命。莊遜加上解釋：「信和望這兩個太陽對流浪者而言已經殞落了，只剩下生命——那是流浪者所渴望要結束的。」[82] 我找不到霍斯—史徐威司說法的原來出處，不能確定卡佩爾、莊遜對三個太陽代表甚麼的不同說法誰對誰錯，可是兩人都同意根據霍斯—史徐威司，剩下未落的第三個太陽是生命。流浪者在詩的末句表示沒有了其他兩枚他至愛的太陽，他迫切地希望生命也快快結束。這一點我很難同意，理由上面已經說過了：流浪者在詩的最後一句很清楚地表示，第三個太陽消逝後，他不是希望快快隨之死去，而是會活得更自由自在。

我還是覺得把三個太陽看成信、愛、望的象徵是一個很有意思的解讀，在這裏我大膽建議：詩裏面最先沒落的兩個太陽是信和愛，剩下的一個是望。人間的信和愛，就流浪者而言，在《冬之旅》的前十二首已經消失淨盡了。愛敗給了作個富人新娘的誘惑；誠信維持不到半年，春夏之間，第一次的山盟海誓，到了冬天便與移情我棄的日期同以破圓圈住，刻在河冰愛情的墓碑之上了。在十二首以後，主人翁還企盼可以留住的就只有希望：看到代表希望的殘葉盤旋下墜便涕淚交流；想到村莊主人虛幻的夢境還依依眷戀，承

---

81 "Fox Strangways suggested that the lost suns are Love and Hope, and the third one Life." (Richard Capell, *Schubert's Songs*, p. 239.) 霍斯—史徐威司是研究音樂的，他英譯舒伯特和舒曼藝術歌曲廣為英國樂界接受。他 1920 創辦音樂季刊 *Music and Letters*（《音樂和書信》）迄今依然繼續出版。

82 Graham Johnson, *Notes for Winterreise*. Hyperion CDJ 33030, p. 98.

認就是騙人的希望他也甘之如飴。誠如尼采所說，希望是邪惡的，它只是延長了人類的痛苦。[83]流浪者終於明白真正的活下去，便是要面對這個沒有信愛望的真實。西西弗斯的快樂不是建築在圓石終必可以滾上高山，穩置峰頂的信念，而是摒棄這個虛幻的希望，一心享受推石當下的辛勞。陶淵明《五月旦作和戴主簿》:「即事如已高，何必升華嵩！？」人生的高峰是活在即事的當下，而不是企盼登上未及的華嵩。擺脫了希望，人活得更自由，更實在。

在音樂上，〈虛謊的太陽〉並沒有甚麼特別的高潮，根據莊遜，全首三十三節的鋼琴伴奏音樂，全都是寫在低音譜號之內，[84]整首歌曲的情調是沉鬱、平靜，雖然內容似是感性的喟歎，其實是人生哲理的參透，體悟得〈路標〉指示所當走的路。聽者也應該以這樣的心態去欣賞這首歌。

83 Friedrich Nietzsche, *Menschliches, Allzumenschliches*, Vol. I, Part 2, 71, "Die Hoffnung".

84 我有的樂譜其中從第18小節下半到第23小節，共五小節半右手的音樂是以高音譜號寫成的。不過它最高一音只是F，用低譜號寫是不成問題的。

24 Der Leiermann 搖琴的老人

第 xlviii 頁

如果把它抽離《冬之旅》獨立來看，〈搖琴的老人〉無論在文字上、音樂上都不能算是上上之作。然而，作為《冬之旅》全組詩結束的最後一首卻是絕世的傑作。讀完前面的廿三首，任何人都難想像慕勒會以這麼一首詩作結，也難想像舒伯特會為它配上這樣的音樂。可是讀過、聽過〈搖琴的老人〉，我們再不能想像一首比它更合適作《冬之旅》結束的詩篇，也不能想像比舒伯特所寫，和它配合得更天衣無縫的音樂了。〈搖琴的老人〉不只完美地總結了主角這個冬天的旅程，它同時為聽者、讀者開啟了裊裊不絕無窮的新意境。

"Leier" 是樂器搖琴的德文稱謂，英文稱為 "Hurdy-Gurdy"，形狀和結他、提琴相似 ，但不是靠弓弦，而是靠右手攪動一個安放在樂器上，塗上松香的木輪，和琴弦磨擦而發聲的。搖琴有兩組弦線，二至四條在琴兩側稱為和音弦（drone strings），它們可以發出持續的低音和弦。另外兩條在中間，它們同時只能發出同一樂音，稱為旋律弦（melody strings）。

歐洲中古時期的街頭搖琴藝人

旋律弦靠由左手控制的一列琴鍵，可以奏出簡單，音域不過一個音階左右的旋律。搖琴在歐洲的中古時期(十到十四世紀)非常流行，其後漸逐式微，雖然在十七世紀中曾再一度被法國上流社會雅賞，但不到半個世紀便淪為街頭賣藝者的樂器。這些 Leiermann：搖琴的賣藝者，到了十九世紀，慕勒和舒伯特的年代，絕大多數就只是搖出一些嘔啞嘲哳難為聽的聲響，喚醒別人留心他們存在的乞丐而已。

《冬之旅》從〈晚安〉到〈虛謊的太陽〉廿三首詩，描寫的不只是主角外在的經歷，同時也讓我們看到他的心路歷程：從開始的傷心，對只顧金錢，從中作梗的女方親友的憤怒，對舊愛的依戀，最後死了心，在冰封的河面為戀情刻下了墓碑，怎樣無法再融入社會，了無生趣，「茫茫來日愁如海，寄語羲和快著鞭」[85]，希望早點脱離人世，到了最後幾首，跳出了困擾他的個人經驗，擴大視野，反思人生，漸逐覺悟希望的虛幻，只是把生命的苦痛延長，他準備放棄希望，尋找勇氣面對與他「相違」的世界，活在其中，並且要活得自由自在。

聽眾、讀者伴隨主角來到這個關鍵時刻，主人翁因失戀而起的旅程，對人生的反思，究竟如何結束？前面的路到底怎樣走？我們冀盼一個充滿智慧、激情、扣人心弦的大結局 (a grand finale)，迎來的卻是一首描述一個毫不相關的搖琴老人的短歌！

---

85 [清]黃仲則(景仁)《綺懷十六首》(其十六)：「露檻星房各悄然，江湖秋枕當遊仙。有情皓月憐孤影，無賴閒花照獨眠。結束鉛華歸少作，屏除絲竹入中年。茫茫來日愁如海，寄語羲和快著鞭。」

孤寂是一個可怕的感覺，李白雖然嗜酒，但花間一壺酒，獨酌還是沒有味兒的，所以雖然知道月和影都不是有情之物可以視為知己，還是「舉杯邀明月，對影成三人」，與它們結個無情遊。人感到孤單、寂寞，往往便自憐、自怨，喪失了活下去的意願。猶太人除摩西（Moses）[86]外，最尊重的先知以利亞（Elijah），因為反對國王亞哈（Ahab）和王后耶洗別（Jezebel）敬拜巴力（Baal）[87]，被他們下令追殺。以利亞一個人坐在羅騰樹下向耶和華神求死説：「我為你大發熱心。（他們）殺了你的先知，只剩下我一個人，他們還要尋索我命。」[88]「只剩下我一個人」的孤寂是人生最難過、痛苦的事，以利亞的求死，就是因為他覺得「只我一個人」面對這些困苦艱辛，走這崎嶇漫長的路。

《冬之旅》主人翁是孤寂的，自第一首離開傷心地，直到這最後一首他都沒有碰到過一個和他説話、聽他説話的人。然而，他是不耐寂寞的，在 #12〈孤獨〉便表達得很清楚了。所以他只好與烏鴉説心事（#15〈烏鴉〉），寄情風中殘葉（#17〈最後的希望〉），邀請拐杖為前行的伴侶（#21〈客舍〉），再不然，便硬把自己一分為二，理知與感情對話（#22〈勇氣〉）。主角的哀怨，不時表示希望早離塵世，主要的原因便是

86　根據以色列人的歷史，摩西在公元前1200年左右帶領他們離開為奴之地埃及，進到迦南（今日的以色列）。摩西的事跡見基督教《舊約聖經》的《出埃及記》、《利未記》、《民數記》和《申命記》。

87　亞哈和耶洗別所敬奉的神，正統以色列人視為假神、偶像。

88　以利亞的事跡見《舊約聖經．列王紀上》17–21章。他求死的一事見19：1–18。

因為孤寂所產生的自憐：世上一夜白頭的多的是，為甚麼就只有我要走前面漫浩浩的長路？為甚麼連最後的希望也像冬天殘葉一樣墜落？為甚麼墓地也沒有能容我枕首安眠之所？為甚麼唯獨我需要勇氣去面對黝黑無望的世界？這一串「為甚麼」，是《冬之旅》的主人翁經過廿三首詩篇的經歷後，像以色列的先知以利亞一樣，念天地之悠悠，覺得只「剩下他一個人」，只是他有這些遭遇的問天。「只我一人」像毒蛇一般噬咬他的內心，奪去他的平靜、安舒。「只我一人」也就成了他要活得自由自在的最後路障。

以利亞的神怎樣回答以利亞呢？祂的回答不是：「不用怕，我與你同在。」而是：「我在以色列人中……留下七千人，是未曾向巴力屈膝。」[89] 一個人就是知道自己站在神、真理的一邊，未必便可以克服孤寂的難受，人是需要人為伴侶的，這就是神也代替不了。尼采筆下的聖者察拉圖斯特拉說：「我需要的人是伴侶，活生生的，……不是（無生命的）屍骸、羊羣、信眾。……是同行的創造者，……同行的收割者。」[90] 神對以利亞的答案是讓他知道，不是只剩下他一個人，他有同路人。

埃美利・狄更生（Emily Dickinson）的一首小詩《我是無名小卒！你是誰？》前半段：

我是無名小卒！你是誰？

你也是無名小卒？那真好！

89 《舊約聖經・列王紀上》19：14–18。

90 Friedrich Nietzsche, *Also Sprach Zarathustra*, Part 1, "Zarathustra's Prologue".

天地間也就有了我們一對。

不要聲張，免得他們賣廣告！[91]

發現自己之外，還有同樣的人：「天地間也就有了我們一對」，那是最大、最好的慰藉。

《冬之旅》敘述主角失戀，在冬天離開傷心地四處流浪的旅程，整組詩從未提到過任何其他的人，就是見到的動物也只是盤旋他頭上，覬覦他死後的身體作食物的烏鴉，和夜間向他狺狺而吠，警告他不要走得太近的村犬。這似乎是因為他把所有注意力都集中在自己：為自己哀傷，替自己歎息，對周遭的人物、事情視若無睹，「只我一人」，過分地把自己獨自困在一個看不到光明、找不到出路的死胡同。詩人怎樣回應這位流浪者呢？像以利亞的神一樣，到了最後結束的一首，他突然提出一個搖琴的老人，這不只「告訴」流浪者他並不孤單，還讓他「看到」一個活生生像他一樣的搖琴老人，讓他清楚曉得他並不孤單，天地間起碼有一對。這樣的結束勝過一篇千言萬語偉大的講詞，簡單、有力地為流浪者的徬徨、哀慟、自憐，提供一個答案，帶來一個安慰，同時展示了他該怎樣走前面的路。

---

91 Emily Dickinson, *I'm Nobody! Who are you?* 全詩原文如下：

" I'm Nobody! Who are you?
Are you – Nobody – too?
Then there's a pair of us!
Don't tell! They'd advertise – you know!

How dreary – to be – Somebody!
How public – like a Frog –
To tell one's name – the livelong June –
To an admiring Bog!"

我自己的中譯。

搖琴老人用他凍僵了的指頭傾情奏出（Dreht er was er kann.）他的音樂，可是卻沒有人愛聽，他身邊討錢的盤子整天都是空空如也。就像 #12〈孤獨〉裏面描寫的主人翁，甚至沒有人瞧他一眼，沒有人留心他的存在（Keiner sieht ihn an;）。然而，他對外面這些漠視半點也不關心（Und er lässt es gehen /Alles, wie es will,），如常一貫地搖他的琴。他生命的價值不在乎外界的肯定，無待於希望的實現，是純粹的自然[92]：決定於自己。搖琴的老人在詩裏面沒有說過半句話，更遑論長篇大論的說教了。然而，他的表現是如此率真、誠樸，流浪者只一看便徹然大悟。前面廿三首，唱起來在一小時以上的哀怨都霎時化掉，「只剩我一人」的困局剎那變得海天寥廓的光明：這就是他要怎樣走前面的路，要如何過以後的生活——對自己尊重（信），對當下投入（望），對生命熱切（愛）。保羅所說常存的信、望、和愛，都要，也只能在自然——自我肯定中尋求。他希望和老人結伴，讓老人的琴音伴他的詠歎，一同越過這雪積冰封的蒼茫大地。

〈搖琴的老人〉一詩裏面的主角雖然是老人，但流浪者在整首詩裏面也佔一個同等，雖然不明顯的重要地位，他是被老人感動，跳出自我的窘境，願意以後和老人結伴的觀察者。舒伯特的音樂把這兩個人，不分彼此，同樣重要地放進樂曲裏面，同時更把他們兩人的關係，和將來可能結伴的配搭都描畫得清清楚

---

92 這裏的「自然」不是自然界的意思，而是古解「自我（自）肯定（然）」的意思。南北朝時的僧人釋慧遠在《明報應論答桓南郡（桓玄）》裏面說：「自然者，即我之影響耳。於夫主宰，復何功哉？！」

楚。卡佩爾說，聽到這首歌，我們必須稱讚舒伯特所下的工夫（Schubert must be given his due.）[93]。我們何止要稱讚舒伯特下的工夫，我們必須五體投地欽佩他的天才！

舒伯特為這首詩寫的音樂，結構簡單，旋律簡單。全曲一句鋼琴，一句獨唱，琴響的時候，沒有唱的；唱的時候，琴也停止。就像老人的搖琴和主角的詠歎，彼此尊重。老人只在主角不說話的時候才搖琴；主角也待得老人停止搖琴的時候才說話，互不干擾，絕不重疊。搖琴的樂句都是旋律弦可以奏出的單音樂句，配上一兩聲低音和聲弦可以奏出的和弦，簡單得不能再簡單。唱者所唱的唯一伴奏也就是同一的低音和弦。搖的、唱的樂句都是淺易、拙樸，但卻至誠真摯，相似而不相同，卻又相輔相成。兩人雖然第一次見面，從舒伯特的音樂看來是未言心先醉的知己。舒伯特沒有賣弄作曲技巧把搖和唱的音樂結合成組織緊嚴的複雜樂句，因為兩人如果結伴同行，他們之間並不是一個相互依賴，唇亡齒寒，非得相濡以沫不可的關係。而是靈犀互通，走在可以彼此相忘的大江大湖，各各見證同一逍遙無待的人生理想境界。

〈搖琴的老人〉給我們的信息是：《冬之旅》不是一個悲劇；主人翁到最後並沒有精神崩潰，變成一個瘋子。《冬之旅》是一個自我發現的人生旅程，主人翁至終悟到無為無待，即事常欣的妙理。加謬對西西弗斯最後的評語，同樣可以用在《冬之旅》的主角——流浪者身上：我們必須想像他是快樂的。

---

93 Richard Capell, *Schubert's Songs*, p. 239.

第三部
《冬之旅》的錄音

舒伯特的《冬之旅》在今日不但音樂界的行內人許為藝術歌曲（Lied）的瑰寶，同時也廣受大眾樂迷的歡迎，從它錄音的數目便可以見得到。我手頭有的《冬之旅》錄音接近九十款，在其他地方聽過全部，或其中選段但沒有購入的約有二、三十款，知道有這麼一個錄音，但未曾聽過的大概有三、四十種，這樣加起來便有一百四、五十種。然而，如《莊子．秋水》所言：「計人之所知，不若其所不知」，我不知道的錄音應該比我知道的更多，所以全部整套《冬之旅》的錄音，數目應該有四、五百種[94]。以一個長達一小時以上，只是由鋼琴伴人聲獨唱的古典西洋音樂作品而言，這實在是非常難能可貴的。下面只是介紹這五百種左右《冬之旅》錄音裏面的其中二、三十種，怎樣挑選？必須先向讀者交代。

不知道的，或知道但從未聽過的錄音，不能介紹，自不待言。在電台廣播、朋友家中，或「油管」（YouTube）聽過一次半次，認識不深的，也是不能介紹。剩下來的就只有大概一百一、二十種上下。這些錄音裏面，演奏水平太低，或錄音太差，不能接受的，當然也不能介紹。不過也許我的標準很低，屬於

94 我最近發現一個網址：winterreise.online 是我知道蒐集《冬之旅》資料最多、最詳盡的網站。它收有《冬之旅》共五百三十個錄音的資料。

這一類的，不超過十種。《冬之旅》本來是寫給鋼琴伴奏的，今日有些錄音，為數不多，改成由樂隊、弦樂四重奏、結他，甚至〈搖琴的老人〉裏面提到的搖琴(hurdy-gurdy)[95]，等等不同的伴奏，雖然或間有可取，但致遠恐泥，我覺得都不及由鋼琴伴奏抓得住歌曲的神髓，所以全都不選入介紹。這樣剩下來略略超過一百種的錄音都是可以接受的，如果你從未聽過《冬之旅》，任何其中一種都可以帶你入門，不會把你帶上歧路。我在這裏只介紹二十五位歌唱家，合共三十多款不同的錄音。

《冬之旅》雖然本來是寫給男高音的，但舒伯特生前為了遷就唱者，把所作歌曲的音域隨意高低調整，似乎並不介懷。今日《冬之旅》的錄音從男低音到女高音都有，這裏介紹的也是一樣，每個音域都有。入選的有些是因為它在《冬之旅》的錄音史上佔一個特別的位置；有些是因為它在某一方面對我們欣賞《冬之旅》有特別的啟發；有些是因為非常個人的原因，它勾起我一些有趣，或美好的回憶。沒有選上的大都是因為我本人對它的認識不夠，沒有很深的印象；或因篇幅所限，必須割愛，譬如男中音選入的太多，所以要讓位給一些男低音主唱的。每首入選的都是我喜歡、視為佳品的。在選上的錄音裏面我不再挑出「最」好的，或為它們排名次。我是不相信任何音樂作品可以有最佳演繹這回事的。可以有十分好的，或十分壞的演繹，但包括的一定不止一個，往往更在十個以上，各

---

95 Raumklang公司出版，米高域治(Nataša Mirković)女聲主唱，萊百納兒(Matthias Loibner)搖琴伴奏。好奇的讀者不妨找來聽聽。

有各不同的精彩，各有各不同的弱點，要從中再挑出最好，或最壞的，是沒有可能的。勉強為之，只是誤導大家，自欺欺人。

下面的介紹，分男高音、男中音、男中低音和低音、女聲四部分，每部分按演唱者姓氏字母先後為序，接下來是鋼琴手的姓名、唱片公司和錄音的年份。因為商業上的兼併、收購，唱片公司轉換得很快，有時甚至同一錄音，先後分由不同的公司出版，音響效果也往往參差不齊。這裏所附的出版公司名稱，表示介紹是根據該公司發行的錄音而寫的。

Tenor 【男高音】

Anders, Peter（彼得・安德爾士）

鋼琴：Raucheisen, Michael（米高・饒篼森）Myto 1945

Weissenborn, Günther（根達爾・韋森波恩）Acanta 1948

1980年代初，我被邀到維也納主持一個中國文化暑期班。在咖啡店偶然碰到一位在那裏唸聲樂的中國學生，談到《冬之旅》，他認為男高音安德爾士（Peter Anders）的錄音最好。我雖然從未聽過安德爾士的名字，分手後，還是趕忙到唱片店去找，好不容易才在一所偏僻的小店尋得，可是聽來卻覺得十分平常。根據唱片上的資料，安德爾士是廿世紀三、四十年代德國出名的男高音，1954年在漢堡因車禍去世，才不過四十多歲。他一生錄過兩次《冬之旅》，我當日買到的是1948年的錄音，還有一個1945年在納粹統治下的柏林錄的，心想也許那才是那位朋友介紹的。可是1945年的錄音找了好幾年都沒有找到。2000年左右，我在香港某報專欄談到這件事，大半年後報社轉來一位海外讀者的信，告訴我這個錄音已經出版了鐳射盤，還把出版公司和唱片編號寄來，結果透過郵政購得。非常感謝那位從未謀面，與我有同好的樂迷讀者的厚意。1945年的錄音果然比1948年的好，那位在維也納唸聲樂的中國學生指的應該是這個錄音。

1945年納粹德國已經走到末路窮途，柏林日夜被盟軍空襲、轟轟，德軍毫無還擊之力，只是坐以待斃。四月三十日，蘇聯大軍開進柏林，希特拉在他藏身的地下密室吞槍自殺，二次世界大戰在歐洲的戰役結束。安德爾士1945年的錄音就是在當年的二月廿三日，和三月二，及十三日，在滿目瘡痍，生命朝不保夕的柏林灌錄的。饒箎森當時是名滿德國的鋼琴家，他擔心德意志文化隨着德國敗亡灰飛煙滅，所以邀集當時還留在柏林的演奏家，各就所長，盡量把德語世界的名音樂作品，在亡國之前錄音傳世。1945年安德爾士的《冬之旅》便是在這樣情況下錄成的。唱的和伴奏的不單覺得這可能是他們個人最後的演出，也相信這是為名曲留下傳世的演繹。安德爾士是當時著名的抒情男高音（Lyric Tenor），未到四十歲，正值盛年，聲質圓潤清晰，聽來令人想起也是英年早逝的另一男高音溫德力（Fritz Wunderlich, 1930–1966）。二十世紀上半葉的傳統，演奏者有較大的自由度，他們按他們的了解，和感情隨意稍改樂曲的節拍是常事。聽聽安德爾士的〈晚安〉，特別是「愛情喜歡來來往往／飄忽人間，穿梭遊蕩，」一節，便可見一斑了。他對兩次出現的「晚安」，像芬里一樣（沒有芬里的顯著），有不同的處理，可見他的細心。饒箎森是伴奏老手，處處都能和他配合。再加上當時因外在環境而生的那種特別情懷是其他演繹不可能有的。雖然是七十多年前的錄音，但用的是當時鮮用的磁帶，（據説是錄音史上的第一次），音響效果仍然不錯。演唱用的是舒伯特寫給男高音的原來版本，是這個版本《冬之旅》的第一個錄音。因為上述這種種原因，安德爾士這個1945年的錄音非常值得向大家推薦。他1948年的，雖然聲音沒有退化，但較諸1945年的，便失了一種逼切投入感，聽來遠遠不及，只覺一般。

Bostridge, Ian（依安．波士德列茲）
鋼琴：Andsnes, Leif Ove（雷夫烏凡．安特斯尼士）EMI 2004

波士德列茲起碼有兩個《冬之旅》的錄音、一個錄像。在這裏介紹的是他第一個錄音。他第二個錄音換了著名的英國作曲家 Thomas Adès（湯馬士．亞迪司）為伴奏，2018年 Pentatone 出版。Pentatone 的錄音我只在電台廣播，或網上聽過片段，未敢置評。有人把這裏討論他的第一個錄音許為《冬之旅》錄音首選，對此我不敢苟同。

無庸否認波士德列茲的聲音清晰悅耳，歌唱技巧出眾。他大概是今日古典音樂歌壇中，起碼就學歷而言，最有學養的幾位之一：他本來修讀歷史，取得牛津大學的學士、劍橋大學的碩士學位。其後專研中古時期巫術（witchcraft）對英國社會的影響，取得牛津大學博士學位。他有關英國中古巫術的著作被學術界許為「改變對該門學問傳統的認識和研究方向」的重要著述。三十歲（上世紀九十年代）才開始職業演唱，當今已是名滿一時的男高音，以演唱藝術歌曲、布里滕歌劇著名於世。大概因為他是學院學人出身，他的演唱，就我而言，用腦多於用心，唱出每一個字都似乎經過一番琢磨，都賦予深意，有欠自然，失卻渾成。就像《莊子．應帝王》結束的故事：儵、忽為渾沌鑿七竅，雖然用意良佳，但結果：「七日而渾沌死。」整個演出，因為刻意的雕琢，成了冰冷的藝術品，只有給人用腦欣賞的美麗，卻沒有攪擾魂魄的動人。

試聽聽他唱的〈連頓樹〉第四節：「回來吧，朋友！/在這裡你可以放下一切煩憂」(Komm her zu mir, Geselle/Hier findest du dein Ruh!) 一句，特別是 "komm" 字。如果售貨員用這樣刻意誘人的音調來推銷他的貨品，我大抵會懷疑他的誠實。連頓樹的吸引只是往昔一貫的溫柔，提供從前一貫的慰藉，並沒有忽然墮落成誘人的妖魔。波士德列茲的演繹未免過於刻意求工。不過這是我非常主觀、個人的看法。

安特斯尼士不是專業伴奏，是位傑出的鋼琴家。他這裏表現很出色。EMI 的錄音有很高的水準。除了上述的吹求，波士德列茲的錄音不失為佳作。

Haefliger, Ernst (恩斯特 · 海費利格)
Hammerflügel (古鋼琴)：Dähler, Jörg Ewald (喬爾克 · 伊瓦特 · 戴樂爾) Claves 1980

海費利格1919年出生，第二次世界大戰後的一二十年間是著名的男高音。他的音色甜美、細緻，十分適合演唱藝術歌曲。有聽過他現場演唱《冬之旅》的樂評人，認為「曾經滄海難為水」，同期其他的男高音，鮮能超越。這1980年的錄音是他唯一《冬之旅》的錄音，那時他已經六十歲了，但音色仍然清麗，但連音 (legato) 已無復年青時的操控自如、平順流暢了。雖然如此，不少職業樂評人仍以它為廿世紀男高音演唱《冬之旅》錄音的首選。

這個錄音另一個特別之處就是伴奏用的古鋼琴是製成於1820年的維也納，是和舒伯特同時的樂器，在1965年復修。和今日一般的大鋼琴不同，有四個踏板，除延音踏板，和弱音踏板外，其餘兩個可以把布條或紙卷隔在琴槌和琴弦之間，改變奏出來樂音的音色。在最後一首〈搖琴的老人〉，伴奏的便利用這特別的踏板改變琴音，聽來有點像搖琴，為〈搖琴的老人〉增添異樣的色彩。

Kaufmann, Jonas（約拿士．柯夫曼）
鋼琴：Deutsch, Helmut（何爾慕德．杜德殊）Sony 2013

柯夫曼是當今炙手可熱的男高音，2013年，他還未到四十五歲，聲音應該適值高峰。《冬之旅》本來就是寫給男高音的，而優秀的男高音錄音並不多，所以我對他這個錄音期望甚高，結果不單沒有失望，更是超乎所想所望。

首先，柯夫曼的聲音圓潤瀏亮、咬字清楚，連音（legato）平順自然，無論多長一句樂句，唱來好像無須換氣似的。他聲量恢宏，雖然《冬之旅》並不需要很大的音量，但偶有幾處，還是需要忽然由弱轉強，「中氣」稍差的，便往往叫人聽來覺得有點勉強，有時更難以顧及字詞所要表達的感情，跡近嘶叫。在柯夫曼而言卻是舉重若輕，突然爆發的強音唱來毫不費勁，堅穩鏗鏘，而且充滿應有的感情，這在〈風向標〉一曲裏面便聽得清楚。

其次，柯夫曼是歌劇明星，他唱《冬之旅》不只是講述另外一個人的故事，也投入曲中主人翁的角色，充滿感情。但他唱來毫不誇張，憑他超卓的歌藝，只是適當地改變聲音的音色，便達到他要求的效果。他在〈僵固〉所表達失戀者狂亂的搜索自己的過去，拼命地要抱緊回憶，我未曾聽過比他更傳神的；〈水流〉結束的時候，舒伯特把結句「已經流抵我舊愛的門前」重覆兩次，柯夫曼唱第一次的時候很平靜，唱第二次，好像猛然省悟：我又要見到她了，應該怎樣辦？突然驚慌，手足無措，充分表現出主角又愛又恨，既想再見，又怕重逢，那種複雜的情緒。在〈鬼火〉，唱到：「我們的喜樂」(unsre Freuden)，「我們的哀愁」(unsre Leiden)，開始就只是「一點鬼火」(eines Irrlichts Spiel)，這幾個詞，柯夫曼都像在慢慢咀嚼，回憶這一切在開始時是如何地充滿承諾、盼望。這些細微之處，就是為甚麼柯夫曼這個錄音如此動人，如此叫人難忘了。

Sony 的錄音，和杜德殊的伴奏都是一流，那便不在話下了。柯夫曼這個錄音是所有喜歡《冬之旅》的樂迷不能不一聽的。

Pears, Peter（彼得・皮爾斯）
鋼琴：Britten, Benjamin（便雅憫・布里滕）Decca 1963

廿世紀六十年代，由男高音主唱的《冬之旅》錄音不多。皮爾斯是著名男高音，布里滕更是世界著名的英國作曲家，彈得一手好鋼琴，和皮爾斯是情投意合的密友，除了為皮爾斯度身訂造寫過不少名曲之外，還是他演唱會合作無間的夥伴。《冬之旅》本來就是寫給男高音唱的，當時音樂界追求忠於原作的風氣方興未艾，就是樂器、調音，也要盡量採用與原作同時代的古樂器和調音，這種種因素，再加上皮爾斯唱得的確不錯，布里滕又是伴奏高手，時有獨到的看法，所以這個錄音一出版便聲名大噪，大西洋兩岸都譽為《冬之旅》經典錄音，為後來演繹立下難以超越的標準。

今日，男高音主唱《冬之旅》的錄音已經不像以前的稀少，皮爾斯和布里滕合作的演繹，再不能獨霸了，雖然至今仍然有不少樂評人以它為男高音《冬之旅》錄音的首選。皮爾斯的聲音很特別，往往給人有點繃得太緊的感覺，演唱布里滕特別為他的聲音而寫的作品，如《給男高音、法國號和弦樂的小夜曲》（*Serenade for Tenor, Horn and Strings*），尤其是其中的〈挽歌〉（*Dirge*），皮爾斯唱來真是難作第二人想。但唱舒伯特的藝術歌曲，他的聲音，未免略嫌過緊，叫人聽來有點不舒服。不過他《冬之旅》這個演繹，有不少地方，如本書前面提到過，在 #17〈過某村〉，主角在他的演繹裏面，對村人的幻夢，還是有點依戀，這些特別的體悟，喜歡《冬之旅》的樂迷是絕對應該一聽的。

Schreier, Peter（彼得 · 施萊埃爾）
鋼琴：1) Richter, Sviatoslav（斯維亞托斯拉夫 · 里赫特）Philips 1985（現場錄音）
2) Schiff, András（安德拉斯 · 席夫）Decca 1991

2019年十二月，以八十四歲高齡辭世的施萊埃爾是廿世紀有數的男高音，他兩個《冬之旅》的錄音都是五十歲以後才灌錄的，但聲音仍然維持年青時的清晰，連音（legato）操控自如，保持順滑。根據他的自述，他覺得自己人生經驗未夠，歌唱技巧不足，再加上其中有幾首歌曲他認為音域太低，不適宜他的聲音，所以雖然非常喜歡，卻一直不敢演唱舒伯特《冬之旅》這首傑作。後來他發現那幾首他認為音域過低的，原來有一個早一點，音域較高的版本，他才決定試唱《冬之旅》。在研習過程中，他請教很多名家，其中一位便是鋼琴家里赫特了。在這位亦師亦友的里赫特伴奏下，施萊埃爾1985年的現場錄音相當不錯。可惜當天的聽眾實在太多噪音了。也不曉得是不是感冒季節，開始的時候還可以，〈連頓樹〉過後，咳嗽聲此起彼落，有些更是放開嗓子，肆無忌憚地，痛快地咳了四、五秒，實在很難忍受。

施萊埃爾在1991年在錄音室重錄《冬之旅》，伴奏換了另一位，也是以演奏舒伯特知名的鋼琴家席夫。和席夫合作的這個錄音，有些樂評人認為比較平穩，不及和里赫特合作的有創意。但「創意」，在我看來遠遠敵不過聽眾的咳嗽聲。在廿世紀，男高音演唱的《冬之旅》，施萊埃爾1991年的錄音不容忽視。

Vickers, Jon（瓊．維克斯）
鋼琴：Parsons, Geoffrey（傑菲利．帕森斯）Warner Classics 1983

維克斯是廿世紀下半葉著名的歌劇男高音，貝多芬（Beethoven）、威爾第（Verdi）、華格納（Wagner）、比才（Bizet）名歌劇裏面的男高音角色他差不多全都唱過、留下錄音，不少更是演唱該角色的典範。大型歌劇的要求不同於，而且還會妨礙了藝術歌曲的演唱。女中音法斯賓德喜歡唱藝術歌曲，所以對演唱歌劇很小心，大型歌劇的角色往往相隔一兩季才肯演出一次，以免影響她藝術歌曲的演出。維克斯據我所知從未演唱過藝術歌曲，竟然在五十六歲，退休前四、五年的1983年，開了次《冬之旅》的獨唱會，更在錄音室錄下《冬之旅》，是他留給樂迷的最後錄音。對這個錄音，樂評人有兩個極端的反應：有認為這個錄音展示了《冬之旅》的新境界；有以為這是維克斯罔顧舒伯特的原意，是對這套組曲一個大扭曲。

1983年維克斯的聲音已經不是巔峰狀態，長年演唱歌劇也令他的音質不太適合演唱藝術歌曲，他是名歌手，不應該不知道。他也會明白他的《冬之旅》錄音不會叫座，也不會怎樣叫好，很可能損害他在歌壇的令譽。不為利，不為名，他居然選擇以《冬之旅》為他錄音生涯的壓軸，我看只有一個理由，他熱愛《冬之旅》，要和萬眾樂迷分享他對這名曲的體悟。我們要欣賞維克斯的《冬之旅》應該要把它視為維克斯的《冬之旅》，是他利用這套他所熱愛的舒伯特作品，表達他，維克斯，自己的感情、懷抱。

聽他唱#7〈河上〉，主角雖然明白舊戀棄他而去，他沒有復合的幻想，但對這一段情的埋葬仍然是充滿溫情的敬慎，有始有終，是今日輕浮社會所難體會的；#15〈烏鴉〉和烏鴉的對話像是老朋友坦率、誠實的「交心」；最後一首〈搖琴的老人〉前大半主角唱出他對老人的觀察，充滿愛憐、了解、欽佩。最後當主角稱老人為 "wunderlicher Alter" 希望與他結伴越過這冰天雪地，我們一點不懷疑他的真誠。這種真摯，在維克斯全曲演繹中處處可見，是它最動人的地方。

維克斯《冬之旅》是 VAI Audio 初版，近幾年改由 Warner Classics 再版發行。我們未必同意維克斯的錄音是個好的演繹，但所有愛《冬之旅》的樂迷卻非一聽不可。

Baritone 【男中音】

Appl, Benjamin（便雅憫・艾蒲爾）
鋼琴：Baillieu, James（詹姆士・白爾樓）Alpha-Classics 2021

1982年德國出生，現居英國的男中音艾蒲爾，最近聲名大噪，英國《經濟時報》譽之為「今日最具潛力的歌壇新秀」，他2019年第一次在紐約的演唱大獲好評，2023年五月，他將會在卡尼基音樂廳（Carnegie Hall）舉行個人演唱會，其中曲目包括《冬之旅》，千百樂迷引頸以待。因為讀到對他這麼多的佳評，趕緊買回來他2021年首次《冬之旅》的錄音。

艾蒲爾聲質輕柔溫潤，惹人好感。#1〈晚安〉，像我前面有關〈晚安〉一篇裏面提到的芬里一樣，曲中前後兩次出現的「晚安」一詞，處理各各不同，給我一個很好的第一印象。接下來的演出雖然沒有帶來甚麼驚喜，但不過不失。可是到了最後一首〈搖琴的老人〉，演繹卻是十分令人失望。

CD小冊子內附艾蒲爾介紹《冬之旅》的短文結束時說：「（主角）在經過（廿三首和人）完全的隔離，終極來到這一點，就我而言，最大的懸疑是：（他）怎樣再（與人）相融共處。」他這個看法很有見地，使人對他怎樣唱最後一首〈搖琴的老人〉帶來很大的期望。〈搖琴的老人〉裏面的鋼琴音樂是代表老人的搖琴，獨立於唱的音樂之外，舒伯特有意不把兩者結合，增強了艾蒲爾這裏所說的懸疑。然而，琴手白爾樓在這裏卻把鋼琴音樂當伴奏處理，配合唱者的音樂而改變，琴和唱的音樂不夠分離，削弱了兩者如果同行將會怎樣融合，琴音如何配合詠歎的懸疑。

〈搖琴的老人〉最後的一句："Willst zu meinen Liedern/Deine Leier drehn?"（用你的琴音伴我的詠歎），雖然樂譜沒有這個要求，不少唱者都會提高它的音量（我個人並不喜歡這樣的演繹），迪斯考（Fischer-Dieskau）便是其中的一個。艾蒲爾曾受業於迪斯考，像迪斯考一樣唱最後一句把音量提高不足為奇。然而，他不是把整句的音量提高，也不是漸逐把音量提高，而是把唱最後一個字的音量突然提高，這在樂譜找不到根據，演繹上也看不到有甚麼意思。這最後一個唱音是極大的敗筆。

上好的錄音，可惜給最後一首的演繹破壞了。

Bär, Olaf（奧拉夫 · 巴爾）
鋼琴：Parsons, Geoffrey（傑菲利 · 帕森斯）EMI 1988

這個1988年的錄音，巴爾當時還年青，聲音健康、圓潤，聽來叫人想起年青的菲舍爾—迪斯考。他唱的《冬之旅》，主角是個年青人，不甘心接受他的命運，對上蒼的安排憤憤不平。在〈客舍〉最後兩句，不少演唱家，就像下一位要給大家介紹的鮑殊（Boesch），唱來往往帶點無奈；迪斯考，比較後期（1970左右）的演繹是毅然接受；巴爾卻是帶點反抗：你不收容我，我也不希罕！上路吧，拐杖！在〈搖琴的老人〉最後一句邀請老人以琴音伴他的詠歎，聽來也帶有一點挑戰的味道，不是惡意的，而是出於年青人的驕傲：看看是你的琴音感人，還是我的歌聲動聽。我喜歡他的演繹比下面鮑殊的多，和迪斯考相較，似乎未夠成熟，稍遜一籌。

帕森斯是二十世紀八、九十年代出名的伴奏家，他伴奏舒伯特、沃爾夫、勃拉姆斯藝術歌曲的錄音都得到很高的評價。在這個錄音他維持他一貫的水平。

Boesch, Florian（弗羅羅安 · 鮑殊）
鋼琴： Martineau, Malcolm（麥爾坎 · 馬天廬）Onyx 2011

鮑殊1971年出生，錄下這個演繹的時候，不過四十歲，屬年青一輩。他天生音質優良，不必太着力，唱來便悅耳動聽。他這個演繹平實、流暢。他所描繪的《冬之旅》主角，給人的印象，我覺得過於輕柔，對一己的遭遇怨多於憤，流於自憐，不夠剛健。以〈客舍〉最後兩句，主角對行路的拐杖說：「上路吧，繼續上路吧！」為例，鮑殊唱來給人的印象似乎是「無奈」比「毅然」多一點。伴奏的馬天廬是當今伴奏人中的表表者。《冬之旅》的鋼琴音樂，不只是「伴」唱，還有它自己的精彩，馬天廬都能把這些精彩呈現，聽聽第十五首有關烏鴉，第十七首有關村犬的音樂，便可見一斑了，不過有些地方，不曉得是否要平衡唱者的柔淡，如〈連頓樹〉的樹枝在風中的搖曳，似乎誇張了一點。Hyperion 在2018出版了鮑殊另一個新錄音，伴奏換了威瑞爾（Roger Vignoles）。我沒有聽過這個錄音，根據看過的兩個樂評，都認為演繹方面和2011年的分別不大，錄音是後來的稍勝。

Finley, Gerald（杰拉爾德 · 芬里）
鋼琴：Drake, Julius（朱理厄司 · 德雷克）Hyperion 2013

芬里是當今有數的男中音，他的錄音無論是華格納的歌劇抑查理斯．艾伍士（Charles Ives, 1874–1954）的歌曲都沒有令人失望。這套《冬之旅》也是一樣，大西洋兩岸的樂評人讚不絕口，有認為這不僅是優秀的《冬之旅》錄音，更是為後世演唱《冬之旅》立下「采之不盡，用之不竭的典範。」（will be held up to future generations as an inexhaustible model to be studies and emulated without ceasing）我也十分喜歡這套錄音，但未有像上述樂評人這樣的「熱烈」。

《冬之旅》的演繹不少樂評人認為可以粗分為兩大類：第一類，唱的比較投入曲中主人翁的身份，灌入主人翁當下的感情，「演」的成分較重；另一類，唱的把自己看為一個敘述者，只是講述曲中人的故事，比較客觀。這個分別，其實很細微，因為藝術歌曲不同歌劇，「演」的成分過重，叫人覺得誇張，破壞了藝術歌曲那種樸淡的氣質；然而，敘述如果不加進主人翁的感情，過於平實無華，便難以引起聽眾的共鳴了。一個好的演繹究竟屬哪一類，是「演」是「述」十分主觀，不必強為界定。如果接受這粗分兩類，芬里的演出大概屬於「述」的一類。雖然是「述」，但芬里不少地方觀察入微，讓聽者有不同一般的了解，對歌曲有更深的體會。我在前面討論〈晚安〉的時候，便指出過芬里對詩裏面「晚安」一詞兩次出現，各有不同的唱法，實在獨具慧眼，就只此一點，在我看來，已足以令他這個錄音躋身有史以來四百多個錄音中最佳的5%了。除此以外，他的〈最後的希望〉唱來比一般平靜，是抽離自己，以第三者身份哀悼希望的殞沒，而不是當事人急痛攻心的呼天搶地，另有一種悽愴。

在這裏芬里的伴奏和下面所介紹顧蒂的伴奏是同一個人：德雷克。也許因為這是在錄音室灌錄的，德雷克沒有像伴奏顧蒂時的拘謹、活潑、有創意得多了。譬如在〈最後的希望〉，在鋼琴的伴奏音樂裏面，落葉不只片片下墜，而且還迴轉盤旋，描畫的場景也就活起來了。

在這裏，稍稍扯開討論另一個相關的問題。不少人認為現場音樂會比錄音更有氣氛、更「真實」，甚至有把錄音演奏視為「罐頭食物」，「營養」價值遠不如現場音樂會高。然而在錄音室，有甚麼錯誤，或演奏者有甚麼地方不愜意，可以重錄。因此在錄音室，演奏者往往更勇於試新。現場演奏，尤其是重要場合，或不是慣常合作的拍檔，有時便難免有點過於謹慎了。到底現場，錄音孰優孰劣，很難回答。對認真的樂迷兩者都不能缺少。它們是很不同的事，正如西諺所云：「蘋果和橘子」不能相互比較。不過，讀者應該留意，「現場錄音」跟現場演奏並不是同一回事。現場演奏的錄音，仍然只是錄音，不一定就有現場「當下」的感覺。現場「當下」的氣氛，「當下」的感受並不是可以灌錄下來的。因此大體而言，我認為現場錄音比不上錄音室內的。

Fischer-Dieskau, Dietrich（迪特里希 · 菲舍爾—迪斯考）
鋼琴：1) Billing, Klaus（卡勞司 · 畢齡）Audite 1948
2) Moore, Gerald（杰拉爾德 · 莫爾）EMI 1955
3) Moore, Gerald（杰拉爾德 · 莫爾）EMI 1962
4) Demus, Jörg（喬爾克 · 戴慕詩）DG 1966

5) Moore, Gerald（杰拉爾德．莫爾）DG 1972
6) Pollini, Maurizio（毛利齊奧．波里尼）Orfeo 1978（現場錄音）
7) Barenboim, Daniel（但以理．巴倫博伊姆）DG 1980
8) Brendel, Alfred（阿爾弗雷德．布倫德爾）Philips 1985
9) Perahia, Murray（梅利．佩拉西亞）Sony 1990

討論《冬之旅》，不，討論藝術歌曲（Lied），總不能不提到菲舍爾—迪斯考。音樂學者亞倫．貝萊夫（Geoffrey Alan Blyth, 1929–2007）說：「在我們這個年代，沒有任何一個歌唱家像迪特里希．菲舍爾—迪斯考一樣，演唱的範疇涵蓋這麼廣泛的領域：歌劇、藝術歌曲、神曲，德國的、意大利的、英國的，他都能唱，而且唱來曲盡其妙，異彩頻呈，充分表現他對這所有不同的曲種深刻的了解。」和迪斯考合作無間，著名女高音伊麗莎白．舒瓦茲科普夫（Elisabeth Schwarzkopf, 1915–2006）曾經在一次訪問裏面說：「世界上沒有演唱是完美的，除了菲舍爾—迪斯考。」她認為「迪斯考生下來就像神一樣，甚麼都擁有了。」迪斯考有生之年演唱、介紹、推廣藝術歌曲不遺餘力。今日，藝術歌曲廣受樂迷歡迎，從《冬之旅》錄音的數目便可窺知，幾乎可以說是迪斯考一人之力。他一個人在上世紀八十年代把舒伯特所有可以由男聲演出的歌曲錄成廿一張 CD。除了舒伯特的作品之外，他還錄下，莫札特、貝多芬、孟德爾頌、舒曼、勃拉姆斯、李察．史特勞斯，這些名家大量的藝術歌曲，並其他在當時還不是太多人認識，但卻是一流歌曲作家如羅維（Carl Loewe）、沃爾夫（Hugo Wolf）等人的作品。這樣的工作是吃力不討好的，而且沒有太大的商業價值，但卻充分表現出他對藝術歌曲的熱愛，和推廣的熱心。

樂界中人大多數都同意上述對迪斯考這樣高的評價，但有少部分的樂評人對他卻是持十分負面的看法。這些負面的評價集中在兩方面：第一，迪斯考的聲質欠佳，缺乏正當的共鳴，稍欠圓潤，唱來往往着力而不自然；第二，他沒有自知之明，過了巔峰期還繼續錄音，譬如《冬之旅》，他已經錄過六、七個不同的錄音，到了1990，已是六十五歲高齡，還要再錄，給後世留下壞印象。雖然迪斯考的成就，無需任何人替他辯護，「輕薄為文哂未休」，也「不廢江河萬古流」。但有些意見不吐不快，且讓我在這裏，就自己的看法，對這些負面的批評，提出不同的意見。

世間有幾位歌唱家聲質沒有弱點的呢？如果只有聲質天成的才能成為優秀的歌唱家，那古往今來，天地之間又可以有幾個？韓非說：「夫必恃自直之箭，百世無矢，恃自圜之木，千世無輪矣。……然而世皆乘車射禽者何也，隱栝之道用也。」（《韓非·顯學》）歌唱家是聲質和技巧合成的，優秀的歌唱家不能再在兩者之間討論哪方面比較重要。迪斯考自己也承認他天生的聲質有弱點（有弱點並不等於聲質差劣，迪斯考聲音的優美仍然是鮮有能及的），所以他盡量以技巧，和演繹去彌補不足，對歌曲裏面每句每字都不掉以輕心，務求唱來達到作曲家要求的最佳效果。他這樣把弱點轉化為成功的動力是值得我們每一個人，不止歌唱家學效的。

至於不自量力，過了巔峰還繼續錄音，迪斯考《冬之旅》不同的錄音，如果我們留意，除了早期剛出道時的兩次，用的是同一伴奏（莫爾）、同一出版公司（EMI）外，其餘的不是換了伴奏，便是換了公司。而且每次換的伴奏都是名鋼琴家。演唱藝術歌曲往往不只是為了聽眾，也是為了唱者自己，和不同的人合作，特別合作的是鋼琴名家，唱者自己往往也有得着，感到滿足，聽者未必領會。不同唱片公司有不同的顧客群，為了商業原因，新的公司要求演奏者為它們重錄同一受歡迎的曲目，也是常事，並不一定是演奏者要表現自己。

迪斯考眾多不同的《冬之旅》錄音，差不多每一個都讓我們對作品有新的認識，聽到唱者演繹的改變。他最初1955、1962的兩個錄音，聲音清潤堅穩，實在很難了解為甚麼會有人批評他聲質欠佳；1966、1972的錄音，他的聲音狀態最好，技巧純熟，咬字清晰。下面介紹法斯賓德錄音的時候，我特別提到她的咬字，在〈最後的希望〉，怎樣利用德語z的發音，加強樹葉顫抖的形象，迪斯考這裏唱的〈最後的希望〉可與比肩。在〈客舍〉當流浪者知道墓園也沒有可以讓他安息之所，最後對同行的拐杖說：「上路吧，繼續上路吧！」在迪斯考早期的錄音（1962）我們還可以聽到不忿的自憐；到了他和布倫德爾1985年的錄音，他的演繹兀自不同，唱來滿有「斯人不出，奈蒼生何」那種的尊嚴自重，不作他人想。在不同錄音的〈過某村〉，我們也可以聽到他演繹的改變。在上面討論這首歌曲的時候，我提到過迪斯考的演繹似偏向羨慕，而不是鄙夷沉睡者的美夢。這種「羨慕」在迪斯考早期的錄音更是清楚，後來這種「羨慕」往往滲入了一種憐憫：憐憫村人未能覺悟美夢的虛幻。這種細微，但重要的分別，比較1962和1985的錄音便可以聽到。如果你看1985年的錄像盤，迪斯考的表情更清楚地讓我們看到他既羨慕村人能享受片刻的安慰，同時又可憐他們的無知。

說到迪斯考的表情，他的台風、演唱時的神態也是一流的，足為其他歌唱家的楷模。迪斯考和名鋼琴家佩拉西亞合作，1990年為《冬之旅》灌的錄音是他最後的一個，當時他已經六十五歲。錄音剛發行，給《留聲機》(*Gramophone*)雜誌某樂評人罵得體無完膚，認為他如此高齡，不自量力，新錄音一無是處，有損他的令譽。我恰恰有這個錄音的錄像盤，並不覺得他的演繹如此糟糕。年近七十，聲音固然無復盛年時的清晰瀏亮，但別有韻味，依然攪人懷抱。一個月後，在新一期的《留聲機》，同一樂評人，罕有地公開推翻他自己月前的看法，認為這個錄音雖然不是上上之選，但廁身中上之列，還是綽綽有餘。甚麼令他改變他自己的意見？後一期的是他對錄像盤的評價，因為他「看」到，不單單「聽到」了這個演奏。迪斯考的台風居然把演繹從下品，提升到中上。迪斯考2012年逝世後，在網上看到不少悼念他的文章。一位女音樂學生說：「他就是只站在那裏也是誠實過人的。」我在慕尼黑聽過他現場演唱《美麗的磨坊女郎》，也有同感。「油管」(YouTube)有他的視像演出，試和其他在「油管」有視像演出的歌唱者，譬如波士德列茲、亞那伊沙(Francisco Araiza)，比較，便可見吾言非虛了。

我已經一再強調，任何名音樂作品都是沒有最佳演繹的。但如果你喜歡《冬之旅》，希望多明白《冬之旅》，迪斯考的演繹卻是必須一聽的，任何一款都會叫你得益匪淺，如果能多聽兩三個他在不同時間的錄音，那就更能幫助你對這套名曲的體會了。

Goerne, Matthias（馬提亞司 · 甘尼）

鋼琴：1) Johnson, Graham（葛蘭姆 · 莊遜）Hyperion 1996

2) Brendel, Alfred（阿爾弗雷德 · 布倫德爾）Decca 2003

3) Eschenbach, Christoph（克里斯托弗 · 埃申巴赫）Harmonia Mundi 2011

Hyperion 由莊遜主持把所有舒伯特的歌曲全部錄音傳世，往往起用當時尚未享大名的歌壇新秀主唱。我們不能不佩服他的識力，不少他選擇的新秀，一登龍門，三、五年後，便都享了大名，就像這裏介紹的甘尼，1996年為 Hyperion 錄《冬之旅》的時候還剛三十歲出頭，現在已是以演唱藝術歌曲譽滿全球的男中音了。

甘尼是德國人，曾受教於菲舍爾—迪斯考，和舒瓦茲科普夫兩位名歌唱家。他三個《冬之旅》的錄音都是佳作。一般樂評人特別推許他和布倫德爾合作2003年的錄音，認為在名鋼琴家伴奏的刺激下，他的演出特別優秀。至於他1996年剛出道的第一個錄音，往往叫人想起菲舍爾—迪斯考的盛年，少了一點他自己的個性。我覺得他這三個錄音，彼此之間分別不大，都屬上上品的佳作，我要向大家大力推薦的是1996年 Hyperion 的錄音，理由不在甘尼的演出，而是 CD 所附，由莊遜執筆，對《冬之旅》的介紹。這個圖文並茂的介紹共107頁，用的字體很細，（我這個上了年紀的人要用放大鏡才看得清楚。）如果以正常大小的字體印刷，應該是一本200頁左右的書了。裏面文筆流暢，資料豐富，往往更加入了莊遜自己精闢獨到的見解，對認識，欣賞《冬之旅》有莫大的幫助。莊遜2014年出版了一套三巨冊的《法蘭茲．舒伯特：歌曲全集》（*Franz Schubert*：*The Complete Songs*）樂界人推為今日以英文寫成研究舒伯特歌曲最完備的著作，裏面有關《冬之旅》的材料，就都是這CD作品介紹的轉錄。這張《冬之旅》的CD不但讓你聽到一個上佳的演繹，同時還能夠讀到以流暢可讀的英文寫成有關《冬之旅》詳盡豐富的資料，一舉兩得。

Hüsch, Gerhard（居哈爾特．胡舒）
鋼琴：Müller, Hans Udo（漢司．烏都．慕勒）Pearl 1933

胡舒這個錄音是我在本書介紹的錄音中最早的一個。1933年剛由EMI發行的時候相當出名。唱片的製作人（producer）是後來享大名的華爾特．李格（Walter Legge）——廿世紀名女高音伊麗莎白．舒瓦茲科普夫的丈夫。李格當時還年輕，熱愛藝術歌曲，一心要向樂迷推廣。但藝術歌曲到底是比較冷門的樂類，EMI的高層擔心虧本，不批准他出版藝術歌曲的計劃。他後來想到一個從未試過的辦法，先組織音樂特別興趣會社，然後出版供會員優先訂購的錄音，這樣從會員人數便可預知唱片銷路。這個方案十分成功。第一次組成的沃爾夫會社（Wolf Special Interest Society）專門介紹沃爾夫的藝術歌曲，結果出版六張沃爾夫歌曲唱片，全部售罄。EMI以後用同一方法推出冷門的曲目，胡舒的《冬之旅》便是另一個成功的例子。

1933年胡舒只是三十歲出頭，屬於輕高音，音色輕柔、清麗。他的《冬之旅》是「講述」類，沒有投入太多主角的感情。咬字清楚，唱來流暢，是非常美麗的客觀敘述。胡舒的錄音並不是《冬之旅》最早的錄音，「最早」的頭銜是屬於另一位男中音杜漢（Hans Duhan）1928年的錄音。杜漢的錄音今日仍然可以在「油管」聽到，和胡舒的一樣，屬客觀「講述」型，也許這是第二次世界大戰前唱《冬之旅》的傳統。

現在坊間買到胡舒的錄音是由Pearl發行。Pearl是以翻新舊錄音為專業，讓今日的樂迷可以欣賞到前代名家的不朽演繹，成績斐然。這個錄音就是其中成功的一例。1933距今已差不多一百年，背景的雜音（廣東話所謂「炒豆」的聲音）雖然未能完全清除，但並不構成太大的困擾。用今日的標準衡量，錄音焦點微嫌過分集中唱者，伴奏鋼琴音樂音量較小。除此之外，錄音的素質完全可以接受。（附帶一提，杜漢1928年錄音的素質只是比這個稍差一丁點，希望Pearl能夠買下版權，把它翻新出版。）

Hynninen, Jorma（約爾馬．海年恩）
鋼琴：Gothóni, Ralf（拿爾夫．高桑尼）Ondine 1988

上世紀八十年代，在加州某唱片店聽到海年恩演唱《冬之旅》的錄音其中幾段，一聽難忘，馬上抄下唱片的資料，是 Fuga 公司出版的。回家想辦法購買，但在本地唱片店都找不到。過了幾年終於找到了，海年恩唱，高桑尼伴奏，卻是 Ondine 公司發行的，Fuga 和 Ondine 都是北歐公司，我以為是同一錄音，只是換了不同的發行公司。又再過了幾年才發現原來是不同的錄音，Fuga 的錄音早四年，是 1984 錄的。我一直希望，但卻未能找到比較這兩個錄音的樂評。不過，在我聽來，Ondine 的錄音和我印象中第一次聽到的同樣精彩難忘。

海年恩在這個錄音的聲音帶有一種滄桑感，但一點不蒼老，仍然很年青，也半點不沙啞，非常清潤，然而，卻有一種特別的魅力，我覺得很適合演唱《冬之旅》。高桑尼的伴奏一流，在他的指下〈連頓樹〉把主角帽子吹掉的那一陣風，的確寒勁刮面。在他們的演繹裏面，曲中的主角是一個平常人，聽者很容易認同。〈河上〉開始，我們便聽得很清楚是一首喪禮進行曲，首二節主角把過去像流水一樣的快樂都拋在後面，刻下墓碑，埋葬不復回的戀情。但在最後一節我們聽到主角在問，這怎生了得？並不是向前看怎樣活下去，而是向後望，像冰封的河，外表的平靜只是假象，心裏面的千愁萬緒，卻是怎樣才可以平復。那種悽惶悵惘，聽者不能不動容。我特別喜歡他唱〈搖琴的老人〉，當他最後建議：「用你的琴音伴我的詠歎，一同越過這冰天雪地？」聲音充滿溫柔、憐愛。是主角經過三小節細心觀察老人後，對老人衷心的體恤、欣賞，至終愛惜、認同的邀請。海年恩的演繹唱活了慕勒用以描寫老人的形容詞 "Wunderlich"：令人愛憐、讚歎的奇異。

Prey, Hermann（赫曼・皮利）
鋼琴：1) Engel, Karl（卡爾・恩格爾）EMI 1961
2) Sawallisch, Wolfgang（沃爾夫岡・薩瓦利希）Philips 1971

皮利和菲舍爾—迪斯考是同期人物，和迪斯考一樣，他推動德語藝術歌曲，尤其是還未廣受注意的作曲家，如沃爾夫、羅維、普菲茨納（Hans Erich Pfitzner, 1869–1949）等的作品，不遺餘力。在廿世紀六十年代中葉到八十年代的十多二十年間，他和迪斯考可說一時瑜亮，可是在今日一般樂迷心中，特別提到《冬之旅》的時候，他似《三國演義》裏面的周瑜多於諸葛亮，往往給迪斯考比下去了。這其實並不公允。

如果我們接受「述」和「演」兩類的粗分，皮利是繼承胡舒、杜漢「述」型的表表者。他仗着天生優美的聲質，（雖然從他歌劇的演出，他也有過人的「聲音」演技）演唱藝術歌曲的時候，傾向只作一個平實的旁述者。樂評人愛把他和迪斯考作比較，硬要按一己的好惡，為他們定個高下，那只阻礙了我們對他們演繹的欣賞，一點好處都沒有。讓我們順着他們不同的路向，敞開心懷，享受他們各各展示不同的境界。

雖然他的《冬之旅》錄音沒有迪斯考的多，但為數也不少，我聽到過的起碼有四種。然而手邊就只有上面列出的兩種。這兩種分別不大，1971的錄音，聲音比較深沉，節奏較慢。他和恩格爾合作1961年EMI的錄音，聲音比1971的錄音輕清，節奏略快。除這兩個錄音外，還有1959和莫爾合作，EMI的錄音，印象中和1961的差不了多少。另外一個是1987年和杜德殊合拍Philips的錄音，節奏是四個裏面最慢的，我還是喜歡他EMI的兩個錄音。不過無論哪一個錄音，皮利的《冬之旅》是值得一聽的。

Wilson-Johnson, David（大衛 · 威爾遜—莊遜）
Hammerflügel（古鋼琴）：Norris, David Owen（大衛 · 奧文 · 諾利司）Hyperion 1983

我選擇介紹這個錄音主要的理由並不是因為演奏者，這裏唱的和伴奏的都不是一般樂迷所熟識的，雖然他們的演出中規中矩，十分可以接受。我選介這個錄音，是因為它並不是按舒伯特《冬之旅》的排序，而是依慕勒的排序唱出。據我所知，依慕勒排序演唱的《冬之旅》，這是唯一的錄音。

看過本書前面討論的讀者便知道，慕勒《冬之旅》廿四首詩的排序和舒伯特的不同，舒伯特為甚麼更改慕勒的排序？不同的排序有沒有改變了全組詩的意境？孰優孰劣？都是研究《冬之旅》的大問題，本書前面已經有詳細討論。這個錄音的演奏者認為按慕勒的排序，《冬之旅》的主人翁，不像今日我們習慣聽到的舒伯特版本，表現更正面、樂觀、有活力。他們這個錄音就是不單以理論，還以「行動」：按慕勒的排序唱出，來證明他們的論點。無論我們有沒有被他們的演出説服，這個錄音，就只是這一點，便值得一聽，甚至反覆再聽了。

Bass-Baritone & Bass 【男中低音和低音】

Crossley-Mercer, Edwin（愛德溫・哥爾司里—梅沙）

Baritone【男中音】

鋼琴：Heréau, Yoan（若安・何爾奧）Mirare 2021

這個2021年出版的CD，是我見過《冬之旅》的CD包裝設計最有心思的一個。像一本精裝書，彩色印刷，紙質優良。CD插在封面的背面。接下來廿四首詩各佔兩頁篇幅，一頁印上慕勒的德文詩作，和英、法文的翻譯；對應的另一頁是法國女畫家，歌蘿蒂・法蘭克（Claudine Franck）特別為該首詩創作的繪圖，不少頗能攝取詩作的神韻，幫助聽者體悟曲中的境界。最後附有對《冬之旅》德、法、英三種文字精簡的介紹，唱者、伴奏者，和繪圖者的彩照並小傳，共六十多頁。

哥爾司里—梅沙是法國人。像前面介紹過的艾蒲爾一樣出生於1982年，也曾跟迪斯考學習過。雖然CD的介紹稱他為男中音，但是他的音域更接近男低音。一般低音聽起來往往叫人覺得有點笨重，可是他的聲音雖然低沉，卻沒有失去它的靈動、輕柔，在低音歌手中難能可貴，十分惹人好感。他唱的〈路標〉，主角發現他要走的路後，全曲結束前的幾句，那種既喜（終於尋到要尋找的）復哀（原來要走的路是這樣艱難、孤獨）複雜的情懷，他表達得很好；接下來的〈客舍〉是我聽到過幾個最能傳達主角「疲乏」的之一。

伴奏何爾奧是很好的琴手。《冬之旅》原來是寫給高音唱出的。降低了音域遷就唱者，影響最大的是鋼琴音樂，不少地方，像〈烏鴉〉，烏鴉上空盤旋的音樂往往便沒有原來的肖妙了。何爾奧都能保持原貌。〈連頓樹〉第五節開始吹掉主角帽子的風，在他的指下既強且疾，雖然降低了音域，冷勁不減原來。

這是近三幾年《冬之旅》的錄音中值得大力推薦的。

Hotter, Hans（漢斯．賀德爾）Bass-Baritone【男中低音】
鋼琴：1) Raucheisen, Michael（米高．饒篪森）DG 1943
2) Moore, Gerald（杰拉爾德．莫爾）EMI 1955

剛上高中的時候，開始對西洋古典音樂有興趣，好不容易才積下足夠的錢買了一部二手唱盤，駁接到家中的收音機，撥到沒有電台，但仍然受電波干擾的頻道來聽唱片（今日的年青人大概無法想像。）當時可以花在買唱片上的零用錢不多，一年買不到四、五張，還好有一位比我大六七歲以教鋼琴為業的朋友，家裏有套很好的音響設備，數以百計的唱片，我每星期，就像上課一樣到他家聽唱片一、兩次。中學最後一年，在他家第一次聽到《冬之旅》。以我當時對西洋音樂的認識和興趣，應該不會太喜歡藝術歌曲的，然而，我卻被《冬之旅》深深吸引。當晚聽到的就是賀德爾和莫爾合作1955年的錄音。翌年進大學和一位要好的同學在校內辦了一個午間音樂欣賞會，他神通廣大不知從哪裏借來了菲舍爾—迪斯考1955年錄的《冬之旅》，迪斯考年青的聲音，不同的演繹，更是叫我聽得如醉如癡。不過，介紹我認識《冬之旅》，開始了我和它幾十年的不解緣的是賀德爾和莫爾，我不能不對他們這個1955年的錄音致以衷心、誠摯的感謝。

《冬之旅》本來是寫給男高音的，賀德爾是男低音，唱的音樂是改低了一、兩度，本來已經沉鬱的音樂，就更沉鬱了。再加上賀德爾慣唱莊嚴、肅穆、閱歷深的角色，如莫札特《魔笛》裏面的薩拉斯妥（Sarastro）、華格納《指環》裏面的胡登（Wotan），《冬之旅》流浪者在他的演繹裏面不太像個年青人，流露的感情也是深於世故的人的喟歎。他前後兩個錄音分別不大，不曉得是否後者有比較充分的時間準備，我覺得，在整套組曲的結構上，後者似乎比前者嚴謹。

Rose, Matthew（馬太・羅斯）Bass【男低音】
鋼琴：Matthewman, Gary（加利・馬太曼）Stone Records 2012

原來是寫給男高音的《冬之旅》，今日似乎成為了男中音的熱門曲目。男中音的錄音大概兩倍於男高音的。有論者解釋因為男高音演唱，聽來曲中的主角較年青，人生閱歷淺；以中音唱出，更有滄桑感，適合主人翁的身份。然而，以音域再低一點的男低音演唱的《冬之旅》卻並不常見，較諸女聲的錄音還要少。賀德爾（Hotter），和下面介紹的塔爾維拉（Talvela），雖然是男低音，但他們的《冬之旅》錄音都是以男中低音（bass-baritone）唱出。男低音的《冬之旅》所以不常見，因為《冬之旅》內容沉鬱，再以音質沉重的男低音唱出，往往把聽者壓抑得透不過氣來。這個因為音域和唱詞關係所產生的困難，不容易，也未曾有過完美的解決，這就是男低音演唱《冬之旅》的錄音稀少的原因了。這裏介紹羅斯的錄音，可以說是這少數中的表表者。

雖然羅斯已經參與過不少歌劇的錄音，但以獨唱者身份演出，這還是他的處女作，他居然以不少男低音視為畏途的《冬之旅》為曲目，實在是相當大膽的選擇。從 CD 精美的包裝看來，(除了上面介紹過哥爾司里—梅沙的 CD 外，這是《冬之旅》包裝最用心的，) 參與這個錄音的人：唱者、伴奏者、製作人大抵都是熱愛《冬之旅》的。他們愛心努力的結果是成功的。

羅斯的音質天生渾厚、沉鬱，表達世與他相違的流浪者失意、抑壓的情懷，有先天的優勢。難能可貴的是在他的演繹裏面，我們沒有聽到自怨、自憐；沒有憤慨的反抗、懦弱的啞忍、自欺的期望，只是不喜不懼平常心的述訴，他的低音，雖然沒有哥爾司里—梅沙的輕靈，卻半點也不沉重，而是凝重。在這裏主角對所遭遇的反應是「智者」洞悉世情的回響。大家試留心細聽他唱的 #7〈河上〉—— 給過去戀情的喪葬，便可以明白我說的是甚麼了。#15〈烏鴉〉，羅斯唱來不再是對烏鴉 (死亡象徵) 半開玩笑的對話，而是嚴肅的問答，伴奏馬太曼和他十分配搭。

如果你對羅斯的錄音還是覺得不滿，大概沒有男低音唱的《冬之旅》可以愜你意的了。

Talvela, Martti（馬特帝・塔爾維拉）Bass【男低音】
鋼琴：Gothóni, Ralf（拿爾夫・高桑尼）BIS 1983

因為《冬之旅》的內容，以低音唱出，往往過於沉鬱，不受聽者歡迎，所以很少男低音演唱這套名曲的錄音。我第一次聽到的《冬之旅》，主唱的賀德爾便是其中難得的一個。這裏要介紹的塔爾維拉是另一個。

塔爾維拉的演繹很接近賀德爾的，只是賀德爾的聲音，也許天生，也許後天多唱華格納歌劇的影響，演唱《冬之旅》失戀的青年流浪漢，雖然避過了過於沉鬱，但卻略嫌太莊嚴、凝重，他的錄音都已經超過半個世紀，自然不及這裏 BIS 的水準。塔爾維拉把他渾厚的低音稍微放輕一點，唱來更神似年輕的流浪人。整首樂曲的演繹結構良好，維持一種悲涼的氣氛，首尾呼應。伴奏是上面介紹過和海年恩拍檔的同一人：高桑尼，他是伴奏界有數的人物，在這個錄音裏面他精彩的演出聽得特別清楚，為這個錄音增色不少。如果想要一個男低音演唱的《冬之旅》，塔爾維拉是值得考慮的兩三個之一。

Female vocal【女聲】

Coote, Alice（亞麗詩·顧蒂）Mezzo-Soprano【女中音】
鋼琴：Drake, Julius（朱理厄司·德雷克）Wigmore Hall
2012（現場錄音）

顧蒂是今日著名的英國女中音，這張CD是她2012年在倫敦著名的威格莫爾音樂廳（Wigmore Hall）演唱的現場錄音。

很多人認為《冬之旅》的主角是男的，所以唱的也應該是男聲。上面已經提到過藝術歌曲不是歌劇，唱的人不是扮演曲中人，只是敍述曲中人的故事，那為甚麼女聲便不能講述男子的故事？況且就是歌劇，劇中的青年男子往往也是由女子扮演，音樂也是為女聲而寫的。如莫札特《費迦羅婚禮》（*Le nozze di Figaro*）裏面的凱魯比諾（Cherubino），李察·史特勞斯《玫瑰騎士》（*Der Rosenkavalier*）的奧克塔文（Octavian），就是其中的表表者。《冬之旅》的主人翁是個青年男子，以女聲唱出，又怎值得大驚小怪！？

2012年顧蒂已過四十歲，技巧正值高峰，除了全組曲裏面最高的幾個音，唱來略略有點兒吃力，沒有其他的圓潤外，聲音清脆悅耳，雖然較諸其他名家，如下一個要介紹的法斯賓德（Fassbaender），有點單薄，不夠渾厚。顧蒂曾經在一個訪問裏面表示她有意演唱《冬之旅》多年，一直覺得自己準備未夠充分。她肯讓這次演唱錄音傳世定是下了很大工夫，不少地方顯然是經過深思熟慮的。可是有幾處我覺得有點造作，少欠自然，譬如#14〈白頭〉，好像要把裏面所有的傷感都擠出來，一滴無遺，節奏拖得太慢，全曲唱來未能一氣呵成。

眾所周知，舒伯特藝術歌曲的伴奏並不只是「伴」，有它自己的精彩。這個錄音的伴奏是德雷克。他是當今有數的伴奏家。然而他在這個錄音的表現只不過平平無奇，專注於「伴」，略略有點叫人失望。

Fassbaender, Brigitte（碧姬．法斯賓德）
Mezzo-Soprano【女中音】
鋼琴：Reimann, Aribert（亞里拔．賴曼）EMI 1988

我可以只用一個字表達我對法斯賓德這個《冬之旅》錄音的看法："WOW!"

法斯賓德的父親是著名的男中音，母親是名演員，是遺傳？是家教（她的父親也是她聲樂的老師）？上世紀下半葉，她是能歌擅演，紅透半邊天的歌劇演員，尤其是反串飾唱《玫瑰騎士》的奧克塔文，更是一時無兩。她特別鍾情藝術歌曲，因此往往只選擇飾演莫札特、李察．史特勞斯歌劇裏面比較輕柔的角色，雖然她演唱華格納也十分精彩。據她自己說，每次唱完華格納的歌劇，必定休息兩、三季才再唱，以免聲帶過勞，影響她藝術歌曲的演出。她認為演唱藝術歌曲對聲帶的要求雖然沒有歌劇的高，但沒有樂隊、沒有佈景、沒有其他演員，中間沒有休息，七、八十分鐘只靠一個人和伴奏控制全局，對演出者而言比歌劇更費心力，但如果成功演唱完畢，滿足感也更大。

同是女中音，法斯賓德的聲音比上面介紹的顧蒂渾厚，低音穩重，高音清揚，更能投入歌中主人翁的身份。她的咬字清晰，在 #16〈最後的希望〉唱到主人翁和落葉同在寒風中顫抖的時候（Zittr' ich, was ich zittern kann.），她清楚的 z 咬音，把抖慄表現得細緻傳神，在我聽過的錄音中鮮有能及的。因為她是個好演員，表達主角感情的時候無須特別着力，自然貼切。在她的演唱裏面，主人翁自 #8〈回顧〉過後，是個帶着不甘的憤怒的年青人。我們可以想像，他穿過大小城鎮，面對烏鴉村犬，在墳場被拒，必得重新上路，他的步伐可能是疲憊、蹣跚，但他卻是挺胸昂首的。我們在 #10〈休息〉可以聽到流浪者不甘的哀憤；在 #17〈過某村〉可以聽到他對世俗的鄙夷；在 #21〈客舍〉可以聽到他的莊嚴自重。法斯賓德雖然是女歌手，可是她唱出的主人翁比很多男歌手所唱的更具男兒氣概。

伴奏的賴曼並不是全職的伴奏專家。他同時是頗具名氣的作曲家。我未聽過他的作品，他為菲舍爾—迪斯考寫的歌劇《李爾王》大西洋兩岸都讚不絕口。作曲家當伴奏，因為慣了自我表達，主觀強，不時和唱者，甚至音樂的原作者不都太合拍。然而，在這個錄音裏面，賴曼和法斯賓德看法一致，合作無間，好花綠葉，相得益彰。

二十多年前第一次聽到這個錄音反應是 "WOW!"；最近重聽仍然是同樣不變的一個 "WOW!"。

Lehmann, Lotte（洛得・雷曼）Soprano【女高音】
鋼琴：Ulanowsky, Paul（保羅・烏蘭諾斯基）Vocal Archives 1940–41

我以為這種偏見已經過去，但最近還讀到一位樂評人，雖然他表明這只是他個人的意見說：「《冬之旅》是男中音和男低音的歌。女歌手免問。」上世紀的女歌手伊蓮娜・吉哈特（Elena Gehardt, 1883–1961）早在一百多年前便說過：「這套動人的歌曲……描寫的是失戀的憂愁、絕望，感到生無可戀。女人當然也明白這種情感，那為甚麼女人便不能演唱這套感人的歌曲？」吉哈特在上世紀初已屢屢在演唱會中選唱《冬之旅》的曲目，她雖然曾經錄過《冬之旅》其中的選曲，但我找不到她全套的錄音。

最早以女聲演唱全套《冬之旅》的錄音，據我所知就是女高音雷曼（1888–1976）的這個錄音，是把1940–41年間，和同一伴奏者，在不同時間錄下的選曲合併而成的。雖然和當時的習慣一樣，錄音偏重唱者，但鋼琴部分仍然可以聽得清楚，素質還很可以接受。雷曼的演繹平實、感人。試聽〈春夢〉三種情況：夢境、夢醒、夢醒後的追憶和希望，唱來都有分別，尤其是第三段，那種依戀、企盼，唱來入木三分，觸動魂魄，和最佳男歌手的演繹，不遑多讓。

Stutzmann, Nathalie（妮莎莉 · 司徒茲曼）
Contralto【女低音】
鋼琴：Södergren, Inger（英格兒 · 蘇德格里恩）Erato 2003

如果各位未曾聽過司徒茲曼這個名字，再過幾年（現在是2021年）便應該不會再感陌生了，不過未必因為她的演唱，而是因為她的指揮。她2020年二月被美國費城交響樂團（Philadelphia Orchestra）聘為該樂團有史以來第一位女首席客座指揮。費城是美國五大（The Big Five）交響樂團之一，歷史悠久，她能獲此重任，應入當今女指揮上座之列。[96]

司徒茲曼雖然可以玩好幾件不同的樂器，但未開始指揮事業之前，是以女低音名重一時的。蘇德格里恩過去二十多年都是她演唱的主要伴奏，司徒茲曼宣稱她們二人在音樂上心意相通，仿如一人。這個《冬之旅》的錄音，在2014年併同《美麗的磨坊女郎》、《天鵝之歌》（*Schwanengesang*）三套舒伯特的藝術歌曲組曲一起出版，就是為了紀念她們二人合作二十年。

這個錄音在美國並不太受注意，但在歐洲甚獲好評。歌劇裏面往往以女低音飾演年青的男子，因為年青的男子，聲音往往尚未轉定，而已經轉定聲音的，聽來卻不年青。《冬之旅》的主角是年青人，所以很合適由女歌手演唱。司徒茲曼的聲音渾厚，是我聽過的女低音中最適合演唱《冬之旅》的。她的唱功不錯，很能充分利用女低音演繹青年男子的優點。不過在演繹

---

96 最近獲悉她在2021年十月被委任為美國大西洋城（Atlanta City）交響樂團的音樂總監。

方面，其中幾首，如〈晚安〉、〈客舍〉，尤其是後者，節奏我覺得有點過慢，短短四、五分鐘的一首歌，比上面柯夫曼的慢了整整一分鐘（5'26" 和 4'24"），抓不住聽眾的注意力。蘇德格里恩的伴奏，也只能說是中規中矩，不見得怎樣突出。然而，這張 CD 最大的弱點，就我看來，不在演奏，而是錄音的效果。這個錄音，唱的，和伴奏都很清晰，可是音場卻是失去了焦點，聽者不能把唱的，和彈鋼琴的定位。對音響器材略有認識的朋友都曉得甚麼叫 "out of phase"（中譯「反相」）。這個錄音聽起來便給我「反相」的感覺。雖然如此，司徒茲曼沉厚的女低音是難得幾回聞的。

附錄 人名翻譯對照表

四畫

巴西多．愛德海蒂．范	Basedow, Adelheid von
巴洛克斯	Brockhaus, Friedrich
巴倫博伊姆．但以理	Barenboim, Daniel
巴爾．奧拉夫	Bär, Olaf
毛勵奇	Mörike, Eduard

五畫

安托瓦內特．瑪麗	Antoinette, Marie
白爾樓．詹姆士	Baillieu, James
布里滕．便雅憫	Britten, Benjamin
布倫德爾．阿爾弗雷德	Brendel, Alfred
卡佩爾．李察	Capell, Richard
加謬	Camus, Albert
甘尼．馬提亞司	Goerne, Matthias
皮利．赫曼	Prey, Hermann
皮爾斯．彼得	Pears, Peter
尼采	Nietzsche, Friedrich
司保恩．約瑟	Spaun, Joseph von
司徒茲曼．妮莎莉	Stutzmann, Nathalie
司確爾．弗德列茲	Silcher, Friedrich
史特勞斯．李察	Strauss, Richard

六畫

安特斯尼士．雷夫 烏凡	Andsnes, Leif Ove
安德爾士．彼得	Anders, Peter
艾肯多夫．約瑟．范	Eichendorff, Joseph Freiherr von
艾伍士．查理斯	Ives, Charles
艾蒲爾．便雅憫	Appl, Benjamin
吉哈特．伊蓮娜	Gehardt, Elena
米高域治	Mirkovi, Nataša
托爾斯泰	Tolstoy, Leo
西西弗斯	Sisyphus

七畫

貝多芬	Beethoven
貝萊夫．亞倫	Blyth, Geoffrey Alan

十畫

哥爾司里—梅沙・愛德溫	Crossley-Mercer, Edwin
恩格爾・卡爾	Engel, Karl
埃申巴赫・克里斯托弗	Eschenbach, Christoph
高桑尼・拿爾夫	Gothóni, Ralf
海費利格・恩斯特	Haefliger, Ernst
海涅	Heine, Heinrich
海年恩・約爾馬	Hynninen, Jorma
馬勒	Mahler, Gustav
馬天廬・麥爾坎	Martineau, Malcolm
馬太曼・加利	Matthewman, Gary
席夫・安德拉斯	Schiff, András
烏蘭諾斯基・保羅	Ulanowsky, Paul

十一畫

畢齡・卡勞司	Billing, Klaus
莊遜・葛蘭姆	Johnson, Graham
陶伯爾	Tauber, Richard
麥斯・弗德列治	Max, Friedrich
麥斯・威廉	Max, Wilhelm
梅浩發	Mayrhofer, Johann
莫索爾・高樂民	Moser, Koloman
莫爾・杰拉爾德	Moore, Gerald

十二畫

菲舍爾—迪斯考・迪特里希	Fischer-Dieskau, Dietrich
賀德爾・漢斯	Hotter, Hans
萊百納兒	Loibner, Matthias
普菲茨納	Pfitzner, Hans Erich
舒伯特・法蘭茲	Schubert, Franz
舒曼	Schumann
舒瓦茲科普夫・伊麗莎白	Schwarzkopf, Elisabeth
湯馬斯・狄蘭	Thomas, Dylan
華格納	Wagner, Richard

十三畫

雷曼・洛得	Lehmann, Lotte
塔爾維拉・馬特帝	Talvela, Martti
溫德力	Wunderlich, Fritz

十四畫

歌德	Goethe, Johann Wolfgang von
赫賽・赫曼	Hesse, Hermann
維克斯・瓊	Vickers, Jon

十五畫

德麗茜	Thérèse
德雷克・朱理厄司	Drake, Julius
慕勒・威廉	Müller, Wilhelm
慕勒・漢司・烏都	Müller, Hans Udo
魯賓遜・保羅	Robinson, Paul

十六畫

鮑殊・弗羅羅安	Boesch, Florian
霍斯—史徐威司	Fox Strangways, Arthur Henry
霍斯庫莉	Mouskouri, Nana
諾利司・大衞・奧文	Norris, David Owen
賴曼・亞里拔	Reimann, Aribert
盧卻特	Rückert, Friedrich

十七畫

賽斯・威廉・范	Chézy, Wilhelm von
戴慕詩・喬爾克	Demus, Jörg
戴樂爾・喬爾克・伊瓦特	Dähler, Jörg Ewald
韓素爾・威廉	Hensel, Wilhelm
韓素爾・露薏絲	Hensel, Luise
濟慈	Keats, John

十八畫

薩克男爵	Sack, Baron von
薩瓦利希・沃爾夫岡	Sawallisch, Wolfgang

十九畫或以上

羅維	Loewe, Carl
羅斯・馬太	Rose, Matthew
饒篪森・米高	Raucheisen, Michael
蘇伯爾	Schober, Franz von
蘇德格里恩・英格兒	Södergren, Inger
顧蒂・亞麗詩	Coote, Alice

錄音總目

男高音	網上試聽*	
Anders, Peter 1) Raucheisen, Michael (Piano), 1945: CD: MYTO Records: 982.H014 2) Weissenborn, Günther (Piano), 1948: CD: Acanta: 43 806	 1) Full Album	 2) Full Album
Bostridge, Ian Andsnes, Leif Ove (Piano), 2004: CD: EMI Classics: 724355779021	 Full Album	
Haefliger, Ernst Dähler, Jörg Ewald (Hammerflügel), 1980: CD: Claves: CD 50-8008/9	 Side 1&2 (LP)	 Side 3&4 (LP)
Kaufmann, Jonas Deutsch, Helmut (Piano), 2013: CD: Sony Classical: 88883795652	 Full Album	
Pears, Peter Britten, Benjamin (Piano), 1963: CD: Decca: 417 473-2	 Full Album	
Schreier, Peter 1) (Live) Richter, Sviatoslav (Piano), 1985: CD: Philips: 416 289-2 2) Schiff, András (Piano), 1991: CD: Decca: 436 122-2	 1) Full Album	 2) Full Album
Vickers, Jon Parsons, Geoffrey (Piano), 1983: CD: Warner Classics: 2564603157	 (Live) Part 1/2	 (Live) Part 2/2

男中音

Appl, Benjamin

Baillieu, James (Piano), 2021: CD: Alpha-Classics: 3760014198540

Full Album

Bär, Olaf

Parsons, Geoffrey (Piano), 1988: CD: EMI: CDC 7 49334 2

Full Album

Boesch, Florian

Martineau, Malcolm (Piano), 2011: CD: Onyx Classics: ONYX4077

Full Album

Finley, Gerald

Drake, Julius (Piano), 2013: CD: Hyperion: CDA 68034

Full Album

Fischer-Dieskau, Dietrich

1) Billing, Klaus (Piano), 1948: CD: Audite: AU95597
2) Moore, Gerald (Piano), 1955: CD: EMI Classics: 724356792722
3) Moore, Gerald (Piano), 1962: CD: EMI Classics: 724356278424
4) Demus, Jörg (Piano), 1966: CD: DG: 447 421-2
5) Moore, Gerald (Piano), 1972: CD: DG: 00289 477 8391
6) (Live) Pollini, Maurizio (Piano), 1978: CD: Orfeo: C884131B
7) Barenboim, Daniel (Piano), 1980: CD: DG: 439 432-2
8) Brendel, Alfred (Piano), 1985: CD: Philips: 411 463-2
9) Perahia, Murray (Piano), 1990: CD: Sony Classical: SK 48237

1) Full Album

3) Full Album

4) Full Album

6) Full Album

Goerne, Matthias

1) Johnson, Graham (Piano), 1996: CD: Hyperion: CDJ33030
2) (Live) Brendel, Alfred (Piano), 2003: CD: Decca: 467 092-2 DH
3) Eschenbach, Christoph (Piano), 2011: CD: Harmonia Mundi: HMC 902107

1) Full Album

2) Full Album

3) Full Album

Hüsch, Gerhard
Müller, Hans Udo (Piano), 1933: CD: Pearl #9469

Track 1–Track 4

Hynninen, Jorma
Gothóni, Ralf (Piano), 1988: CD: Ondine: ODE 725-2

Full Album

Prey, Hermann
1) Engel, Karl (Piano), 1961: CD: EMI: CDM 7 69106 2
2) Sawallisch, Wolfgang (Piano), 1971: CD: Philips: 422 242-2

1) Full Album

2) Full Album

Wilson-Johnson, David
Norris, David Owen (Hammerflügel), 1983: LP: Hyperion: A66111

/

男中低音和低音

Crossley-Mercer, Edwin
Heréau, Yoan (Piano), 2021: CD: Mirare: MIR450

/

Hotter, Hans
1) Raucheisen, Michael (Piano), 1943: CD: DG: 437 351-2
2) Moore, Gerald (Piano), 1955: CD: EMI Classics: 724356698529

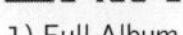
1) Full Album

2) Full Album

Rose, Matthew
Matthewman, Gary (Piano), 2012: CD: Stone Records: 5060192780222

Full Album

Talvela, Martti
Gothóni, Ralf (Piano), 1983: CD: BIS: BIS-CD-253/4

Full Album

女聲

Coote, Alice
(Live) Drake, Julius (Piano), 2012: CD: Wigmore Hall Live: WHLive0057

Full Album

Fassbaender, Brigitte
Reimann, Aribert (Piano), 1988: CD: EMI: CDC 7 49846 2

Full Album

Lehmann, Lotte
Ulanowsky, Paul (Piano), 1940-41: CD: Vocal Archives: VA 1173

Full Album

Stutzmann, Nathalie
Södergren, Inger (Piano), 2003: CD: Erato: 2564623701

Full Album

* 「網上試聽」連結按2023年5月的最佳搜尋結果作最後更新，僅供參考。搜尋結果可能因網站改版或其他原因而失效。如有上述情況，讀者可按唱片資訊搜尋其他網上音樂平台，或購買相關錄音唱片。

後序

這本書是我所出版的十多本書裏面我最喜歡的一本。

內容我喜歡：是介紹西洋古典音樂作品裏面我的至愛：舒伯特的《冬之旅》；裏面討論的思想我喜歡：是對我有很深影響的存在主義；寫作過程我喜歡：為了寫這本書，我翻閱了好些參考資料，反覆、深入聆聽了很多不同的《冬之旅》錄音，對《冬之旅》有了很多新鮮的體悟，幫助我更欣賞我所深愛的這套名曲。

書是在冠狀病毒肆虐期間寫成的，在那段日子撰寫這本書是我每日生活中最大的「享受」，就像跟老友談心似的，給我帶來很大的欣悅。

然而，這並不是我「最」喜歡這本書的主要原因。主要原因是：這本書是我所寫的書裏面最難產的一本，它最終能夠出版，令我感到以前從未曾有過的興奮、欣慰和滿足；參與編輯工作的同事對《冬之旅》誠摯鍾愛，我和他們之間那種同心和默契，整個出版過程的愉快、興奮，都是彌足珍重的經驗。

這本書的出版要感謝的人很多，簡漢乾博士，我以前在浸會大學的學生，後來在教育學院（現今的教育大學）的同事，和我都喜歡西洋古典音樂。退休後移居美國，在書信中常常和他交流聽音樂的經驗和領會。近五，六年不時談到《冬之旅》。他很喜歡我對這套名曲一些的看法，鼓勵我把看法寫成書，公諸同好。在寫書的過程中，他還給我提了不少有啟發性的問題，和具建設性的意見。雖然我想寫一本有關《冬之旅》的書已經多年了，認識我的朋友都曉得我，粵語所謂「得個『講』字」的惰性，沒有漢乾的鼓勵，恐怕未必成事。他是我第一位要感謝的朋友。

吳君沛先生在初稿完成後替我統一了書內人名、書名，和在多處出現的引文的中譯，並編製中英人名對應表。在此致謝。

從動筆到完稿，花了整整一年的時間。書成以後我把書稿先後送到好幾所出版社，有些更是曾經和我合作過的，他們都認為對這本書內容有興趣的讀者不會多，不願意出版。這本在

2020年夏天已經完成的書稿也就在無人出版的情況擱了下來，一擱便擱了兩年。

周燕明女士、劉偉成先生是我的摯友。他們喜歡音樂、文學，也是愛書人。我以前寫的書，書稿完成後都送他們一份，請他們給我意見。這次也沒有例外。知道這本書找不到出版社，偉成很努力地替我想辦法。2022年秋，燕明忽然給我來電，說準備向他們兩人任職的啟思出版社的母公司：香港牛津大學出版社推薦出版我這本書。這樣又過了差不多半年，期間一定花了不少工夫，費了不少唇舌，牛津終於答應出版。燕明和偉成是支持、幫助我這部作品能夠面世最重要、最叫我感激的助產士。

燕明和偉成雖然也有參與這本書的編輯工作，但主要負責的是馮曉琳女士。她認真的校對、良好的版面安排，不厭其煩地為書內的插圖、推薦的音樂演繹，申請版權，並且耐心地教導我這個80%電腦盲的老人學習怎樣用電腦編改書稿，更邀請了經驗豐富的陳小鳳女士為《冬之旅》裏面每一首的詩歌繪製精美的彩圖（共廿四幀）。當我收到書的樣本，看到這本一度以為不能見天日的書稿，竟然獲得這樣殷勤、精心的關顧，和厚愛，實在感到出乎意料的驚喜。在此向馮、陳兩位女士致萬分的感謝。

我退休後旅居美國，和香港「相去萬餘里，各在天一涯」，還好今日科技昌明，「天涯若比鄰」，和編輯工作的同事可以常常靠電話越洋見面、溝通。在一次電話談話中，曉琳女士說她參與本書編輯工作之前，未曾聽過《冬之旅》。開始工作後，聽了很多遍，越聽越喜歡。她的話叫我十分欣喜雀躍，因為這就是我寫這本書的目的：推介《冬之旅》，叫更多人認識、喜歡《冬之旅》。參與本書出版工作的朋友、同事，無論是給書稿提意見的，推薦出版的，設計版面、校對文句的，編纂、插圖的，我都感受到他們對《冬之旅》一份真摯的鍾愛。他們和我有同一樣的目的：真誠地向別人推介，希望他們能夠和我們同樣的欣賞、喜愛《冬之旅》。這種「同心合意」令人在整個出版過程中感到難得的興奮、愉快。在此向讓我享受到這個難能可貴經驗的每一位朋友、同事致以深摯的感謝。